アミの会(仮)
大沢在昌　乙一　近藤史恵
篠田真由美　柴田よしき　新津きよみ
福田和代　松村比呂美

迷 まよう

実業之日本社

実業之日本社文庫

目次

迷

まよう

未事故物件

近藤史恵

近藤史恵（こんどう・ふみえ）

1969年大阪市生まれ。大阪芸術大学文芸学科卒業。93年『凍える島』で第4回鮎川哲也賞を受賞しデビュー。2008年自転車ロードレースを描いた『サクリファイス』は第10回大藪春彦賞、本屋大賞第2位に輝く。実業之日本社から刊行されている〈清掃人探偵・キリコ〉シリーズは、長く愛読されている。旅をテーマにした著書に、第13回エキナカ書店大賞受賞の『スーツケースの半分は』がある。近著に『歌舞伎座の怪紳士』『夜の向こうの蛹たち』『たまごの旅人』など。

植野初美は迷っていた。

眉間に皺を寄せて、天井を睨み付けながら考える。

これはよくあることなのだろうか。


はじめてのひとり暮らし。そのことばに胸躍らない若者は少ないと、初美は確信している。

不本意なきっかけでひとり暮らしをはじめることになったり、実家がこの上もなく快適だったり、夜ひとりで眠れないほど怖がりだという人はいるだろうが、それにしたって、少しは心ときめく要素を見つけることができるのではないだろうか。

休みの日、昼まで寝ていても、一晩中ネットをしていても、脱いだ服を散らかしていても怒られない。夕食をポテトチップスですませたって、誰に気兼ねもいらない。

もちろん、そういう後ろ向きなことだけではなく、誰にも邪魔されないひとりだけの城を持てる喜びだってある。中学生のとき、母が作ってくれたお弁当ではなく、自分でパンを買うことが楽しみだったのと同じだ。

誰かに頼らずに、自立すること。そこにはなににも代えがたい喜びがある。

初美はずっと、おしゃれなインテリアの部屋に住みたかった。

実家のマンションは、築三十年以上の古い砂壁だった。鏡の前で今日のコーディネイトをインスタグラムにアップしたくても、それだけでやたら野暮ったくなる。どんなに頑張ったって、白い壁紙とフローリングの新築マンションに住んでいる友達の方が素敵に見える。

母はなんでもしまい込むと忘れてしまうからと、ティッシュの空箱で作った小物入れをいろんな部屋に置いていた。初美が少し机の上を散らかしていると、あっという間にそのティッシュの小物入れや、牛乳パックのペン立てなどが、机の上に出現する。住めないほど散らかっているわけではないし、水回りなどはきれいにしてあったが、母には素敵な部屋に住みたいという気持ちが全然ないようだった。もちろん、父にもない。

だから、初美はずっと思っていた。ひとり暮らしをすることになったら、絶対に自分の好きなものしか部屋に置かない。ティッシュの箱や牛乳パックで作った小物入れなど、玄関から一歩も踏み込ませてなるものか、と。

どんなに狭い部屋でも、布団ではなくベッドを置き、ベッドの上は海外のインテリア雑誌にあるように、クッションをたくさん置く。ぬいぐるみやキャラクターものも好きだから、今の部屋はそんなものであふれているけれど、ひとり暮らしをすることになったら、絶対におしゃれな部屋に住んで、家飲みの写真や、毎日のコーディネイト写真をどんどんネットに上げるのだ。

インテリアはモロカンスタイルにして、天井から蚊帳（かや）をベッドの上に吊（つ）ってもいい。パリジェンヌのアパートをイメージして、アンティークの机などを置くのも素敵だ。

まあ、どちらにせよ、高級な家具は買えないし、東京で初美が借りることができる部屋はワンルームか１ＤＫのどちらかで、ソファすら置くスペースはないだろう。インテリアといっても、クッションやベッドカバーを気に入ったものにすることしかできない。

そのときの初美は、まだ気づいていなかったのだ。

ひとり暮らしには、予想もしていない出来事がつきまとうのだ、と。


初美が東京に引っ越すことになったのは、七月の半ばだった。

大学を卒業して就職した会社が三月で倒産し、失業保険をもらいながら、求職活動をはじめた。

最初は地元の神戸や通勤圏内の大阪で探していたが、なかなかうまく行かず、試しに受けてみた東京の小さな出版社に、すんなりと採用が決まった。

東京に行くと言うと両親は心配したが、失業保険ももうすぐなくなる状況では反対するわけにもいかない。

初美はというと、憧れの出版業界に入れたことと、東京でひとり暮らしができることとの両方で、むしろうきうきしていた。

引っ越し代だとか、敷金や礼金などで、大学を卒業してから三年、頑張って貯めた貯金がみるみる減っていくのも気にならないほどだった。

東京の家賃は驚くほど高かったが、なんとか予算内で、駅からも徒歩十五分くらいのワンルームを見つけることができた。ベッドと、小さなローテーブルを置くのが精一杯の広さだが仕方がない。

通勤にも一時間半かかるが、職場から近い物件はとても手が出ない。たぶん、毎日ラッシュの通勤電車に揺られることになるのだろう。

狭い部屋だが角部屋で、オートロックでお風呂とトイレも別になっている。部屋は北向きだが、家にいるのは夜だけだろうからかまわない。

ようやく、自分だけの城を手に入れることができたのだ。

引っ越しを済ませ、市役所に届け出を出した。

カーテンもついていない部屋で、どきどきしながら買ったばかりのベッドに横になった。

自分だけが家にいるという状況は実家でもあったが、たったひとりで、誰もいない家で眠ったことはない。

上からも隣からも、なんの物音も聞こえない。静かすぎて怖いほどだった。

自分以外の人たちが、すべて宇宙人に誘拐でもされたような気分になる。それとも街全体がゾンビに襲われてしまったか。

ここまできて、ようやく、初美はひとりの心細さを知った。


ひとり暮らしは想像していたのとまったく違った。

夜、自宅に帰り着いた頃にはくたくたで、自炊などとてもできない。スーパーで半額になったお総菜やサラダを買って、皿に移し替えることもせずパックのまま食べている毎日だ。

インテリアだって、必要なものをホームセンターで揃(そろ)えるのが精一杯だ。カーテンや寝具はなんとか揃えたが、クッションもベッドカバーもなにも置いていない。

まるで病室のように殺風景な部屋になっている。

なにもないということは、背後に野暮ったいものが映り込む心配もなく、コーディネイト写真をネットに上げられるのに、疲れすぎていて、そんな余裕がないのだ。

おまけに、お札に羽根が生えたように消えていく。毎日のランチや気分転換に飲むフラペチーノは我慢できないし、電気代やガス代だってかかる。おしゃれな洋服は、初美を誘うようにショーウインドウから笑いかけてくるし、ちょっと気を緩めれば、いつのまにかショップの紙袋をいくつも抱えていて、呆然(ぼうぜん)とする。

実家にいたときもそこそこお金を入れていたから、両親に甘えてはいないつもりだったが、ひとり暮らしでかかるお金はそんなものではない。東京は地方より給料が高いと言っても、焼け石に水だ。

それでも少しずつひとり暮らしにも慣れてきた。

部屋は相変わらず殺風景だったけれど、洗濯のコツもわかってきたし、嫌な匂いにならない部屋干しの仕方も覚えた。半乾きのリネンシーツにアイロンをかけると、皺一つなく仕上がって、ホテルのベッドみたいなベッドメイクができることも知った。

いつの間にか、秋も深まり、薄手のコートでは肌寒く感じるようになっていた。

初美は枕元で充電してあるスマートフォンに手を伸ばした。

朝の四時だ。こんな時間に目覚めたことなどない。

外は真っ暗だし、暖房のない部屋もぞっとするほど寒い。あわててもう一度布団にもぐり込む。

そろそろ暖房のことも考えなければならない。部屋に備え付けのエアコンは古く、あまり暖かくならない。灯油やガスのストーブは、契約のときに禁止だと言われたから、ホットカーペットでも買おう。

そう考えたとき、天井ががたっと揺れた。

一瞬、地震かと思って、飛び起きた。だが、揺れているのは天井だけだ。床は少しも揺れていない。

天井からは継続的に、ガタガタという音が聞こえてくる。

どうやら、この音のせいで目が覚めてしまったようだ。

初美はもう一度布団に入って、天井を見上げた。

この音がなんなのかはすぐにわかる。洗濯機だ。

いくら早起きをしたからといって、こんな時間に洗濯機を回すのは、あまりにも非常識だ。

実家でも、夜十時以降には掃除機もかけなかったし、洗濯機も回さなかった。朝も、六時半か七時くらいが常識の範囲ではないだろうか。

こんな時間に起こされたのははじめてだ。こんなに音が響くならば、目が覚めないはずはない。

正直、起こされたのは腹立たしい。

昨夜は、買ってきた服の組み合わせに悩んで、片っ端から着てみるというひとりファッションショーをやってしまい、寝たのは二時を過ぎていた。

きっとなにか理由があって、早朝から洗濯をしなければならないのだろう。たとえば、布団になにかをこぼしてしまったとか、酔って帰ってきて吐いてしまったとか。

そういうことは、初美にもないわけではないし、一度なら我慢できる。

初美は、そう自分に言い聞かせて布団を頭からかぶった。

そのあとは、もう眠ることはできなかった。

だが、翌日も朝四時から洗濯機の音が響いた。

初美は飛び起きて、天井を睨み付けた。悪質だ。

これまではこんなことはなかったから、上の住人が変わったのかもしれない。もしくは転職したかなにかで、出勤が早くなったとか。

だとしても、これは困る。毎日、朝の四時に起こされてしまえば、寝不足間違いなしだ。

ただでさえ、残業が多かったり、仕事のあと食事に誘われたりすると、帰ってくるのが十一時を過ぎる。そこから風呂に入ったり、家事をしたり、ちょっとテレビを見たりするだけで、寝るのは真夜中の一時近くになる。四時に起こされてはたまらない。

初美は二度寝ができないタイプだし、たとえ二度寝できても、今度は寝坊して遅刻してしまうかもしれない。

迷惑だ。大迷惑だ。

洗濯機の音は五時近くに止まり、ようやくそこからうとうとしたものの、あまりすっきりしない状態で目覚めの時間がきてしまった。

通勤電車は押し潰されそうなラッシュで、座ることなど夢のまた夢だ。

身体に力が入らないまま職場に行くと、隣の席の御倉清香(みくらきよか)がこちらを見た。

「おはよー。初美ちゃん眠そうじゃない」

清香は、入社したときからなにかと気にかけてくれるし、それでいて押しつけがましくもない。初美と同じように、関西方面から上京してひとり暮らしをしているせいか、彼女のアドバイスはいつも参考になった。

「聞いてくださいよ。清香さん」

　昨日から今日の洗濯機の件を説明する。

　清香は、「それはひどい」とキャプションをつけたくなるような表情で答えた。

「苦情言うの？」

「うーん、これ以上続かないならいいんですけど……」

　だが、上の階の住人が「早朝に洗濯機を回すのはマナー違反」と認識していなければ、また同じことが起こる。

「環境によって違うしね。うちの実家は一軒家だったから、あんまり気にしてなかった」

　下に住む人がいないなら、気にする必要はない。もしくは、それなりに広いマンションなら、洗濯機置き場の下はだいたい洗面所で、寝室への影響は少ないかもしれない。だが、狭いワンルームでは部屋中に響くのだ。

「でも、苦情言うなら、誰が苦情言っているかわからないようにした方がいいよ。逆恨みされたりすると怖いから。どんな人か知ってる？」

「知らないです……」

　初美のマンションはすべてがワンルームだと、入居するときに聞いた。入居者は七十人以上もいるらしい。エレベーターやエントランスで、よく顔を見る人もいないわけではないが、挨拶もしない。

本当は入居したとき、隣の人に挨拶に行こうと思って、クッキーの詰め合わせをひとつ買ったが、何度インターフォンを鳴らしても留守なのだ。

帰りが遅いのかもしれないし、夜働いているのかもしれない。そもそも、エントランスのインターフォンを鳴らさず、直接玄関にやってくる人間はいかにも怪しいから、無視されているのかもしれない。

そのクッキーは自分で食べてしまった。他の住人もほとんど挨拶をしないし、都会の単身者の住む大規模なマンションなんて、そんなものなのかもしれない。

だから、自分の上に住んでいる人がどんな人かなんて知らないのだ。

清香の言うとおり、逆恨みされるのは怖い。家も知られていて、オートロックも意味がない。同じ建物に住んでいる人に嫌がらせされたら、もう引っ越すしかないのではないだろうか。またお金が飛んでいくことを思うと憂鬱になる。

「だから、もし苦情を言うとしても管理人さんを通した方がいいんだけど……」

「常駐の管理人さんはいなくて、不動産会社が管理をしているんですよね」

「できたら隣の人たちと一緒に苦情を言った方が効果はあるかも。ひとりだと、『真下の人が文句を言っている』ってすぐわかるから」

隣の人は顔も知らないし、話したこともない。しかも角部屋だから、反対側には誰もいない。

そう言うと、清香は「かわいそう。健闘を祈る」とキャプションをつけたくなるような顔をした。

「まあ、いい人でただ気づいてないだけかもしれないよ。夜型より、朝型の方がまともな人多そうじゃない」

それは偏見ではないかと思ったが、不動産会社に言うのはいい考えかもしれない。

初美は手紙でも郵便受けに入れるつもりだったが、それよりは角も立たない。

別に謝ってほしいわけでもない。ただ、早朝に洗濯機を使うのをやめてほしいだけなのだ。

その翌日も早朝から洗濯機の音が響いた。

これは普通のことなのだろうか。

都会では夜遅く帰る人も、朝早く出勤しなければならない人もいる。こんなことで苦情を言うのは、あまりにも過敏すぎるだろうか。

狭量な人にはなりたくない。そう思うと、苦情を言い立てていいものかどうか迷う。

自分が常識だと思うことは、常識でもなんでもないのかもしれない。実家のマンシヨンでは住人が挨拶をするのが普通だったけれど、ここでは違うのかもしれない。

迷いながら、スマートフォンで「早朝、洗濯機の音」で検索してみる。

同じような悩みを抱えている人はたくさんいた。

洗濯機を回していいと考える時間には少し幅があり、五時ならば早起きしなければならない人がいるから仕方ないと感じる人もいれば、七時でも非常識だと考える人もいた。

だが、四時からというのは、あまり普通ではないようだった。

土日は洗濯機の音が聞こえず、ほっとしたのもつかの間、月曜日の早朝に、またがたがたと揺れる音で起こされた。もう我慢できない。

午前中、仕事が一段落したとき、初美は不動産会社に電話をかけて、事情を説明した。

入居したときも会った担当者が話を聞いてくれたが、途中からなぜか、いぶかしそうな反応に変わる。

「ええと……早朝に生活音、ですか……」

「生活音といっても、洗濯機を回すのをやめてほしいだけなんです」

別に歩き回るなと言っているわけではない。

担当者は言いにくそうに告げた。

「ええとですね……植野さんの上の階は、投資用物件として購入されて、今は空室なんですよね。ですから、洗濯機の音というのは勘違いでは……」

「は？　でも音がするんですけど……」

じゃああれは、なんなのだろうか。洗濯機とは違う、また別のなにかなのか。

呆然としていると、担当者は言った。

「もしかすると、その隣の洗濯機の音が響いているのかもしれませんね。マンションのエントランスに早朝の洗濯機使用は控えるように掲示を出します」

「お願いします」

電話を切って、息をつく。清香がこちらを見た。

「やっぱり、洗濯機の音、続いてるの？」

「そうなんですよー。おかげで寝不足です」

斜め前の机に座っている桑原沙希がこちらを見た。いつも快活な四十代の女性で、明るいせいか、あまり年の差を感じない。

「洗濯機の音？　真夜中とか？」

「早朝なんですよ。朝四時から回すんです」

不動産屋に苦情を言ってしまったことに、なんともいえない罪悪感を覚える。できれば、多くの人に話して、「そんな時間の洗濯機使用は非常識だ」と言ってもらいたい。

そう思ったのに、桑原はなぜか、初美を遮って話し始めた。

「そういえばさ、この前、バーで怖い話を聞いちゃったんだけど……」

「えーっ、聞きたい」

清香まで、そんなことを言う。仕方なく、初美も桑原の話を聞くことにした。

「半年前くらいかなあ……友達が聞いた話なんだけど、二十代のひとり暮らしの女の子が、真夜中の洗濯機の音に悩まされるようになったんだって。夜十二時くらいからはじまって、我慢していたら、夜中の一時や二時にも音がするようになって、耐えかねて、不動産屋さんに相談したの。そしたら、なんて言われたと思う」

「ええっ、怖い。なんですか?」

清香は身を乗り出した。

「上の階は空き家ですって言われたんだって」

「キャー」

清香の楽しげな悲鳴が気に障る。初美にとっては、冗談ではない。冷ややかに言った。

「隣の部屋の音が響いていただけなんじゃないんですか?」

「それが角部屋で、もう片方の隣も空き家だったんだって。なのに、洗濯機の音だけは聞こえるの」

「上に住んでいるのは、洗濯好きの幽霊なんですかね」

清香がそう言う。それは、怖いような、怖くないような微妙な感じだ。

「本当に怖いのは、これから」

桑原はそう言って、声をひそめた。

「その女の子、そんな話をしてから、二週間後、ふっと行方不明になってしまったんだって。それからずっと見つかっていないの」


真っ暗な家に帰って、照明をつけた。

灯りのついていない家に帰るのがつらい、と、昔ひとり暮らしをしていた友達から聞いたことはあるが、初美はまだそこまでの寂しさは感じない。まだ日が浅いからだろうか。

それでもこんな日には、ひどく不安になる。

いきなりスマートフォンがジャケットのポケットで振動して、はっとする。

電話は不動産会社の担当者からだった。

「確認しましたが、やはり、植野さんの上の階は空室で、しばらく入居の予定はないそうです」

「……そうですか」

「それと、植野さんのお隣の方にも聞きましたが、特には気にならないと言われました」

まるで、初美が神経質すぎるような言い方だ。

「わかりました。音がどこから出ているのか、もう少し気をつけてみます」

そう言って電話を切った。

次の日の早朝も、洗濯機の音は鳴り響いた。

目を開けたまま、揺れる天井を眺めた。自分が狂いはじめているような気がした。

初美はネットの掲示板に書かれた文字を読み続けていた。

真っ暗な中、スマートフォンが発する光が、目に痛い。スマートフォンを投げ出して、目を閉じてしまった方がいいとは思ったが、なにかと繋がっていないと、不安で仕方がないのだ。

読むのは、洗濯機の音に悩まされている人の話。夜十一時と書いている人を見れば、そんなのたいしたことじゃないと思い、気にするほどではないとアドバイスしている人には怒りを覚えた。

気にするほどではないと言っている人を、同じ環境に放り込んでやりたい。夜遅く帰ってきて、睡眠時間も十分ではないのに、早朝四時に起こされる毎日を経験させてやりたい。

気が付けば、あるページを夢中で読んでいた。

もともとは、ハワイで本場のフラダンスを学ぶため、留学資金を貯めるというコンセプトのブログだったのだが、あるときから、上の階の生活音に悩む話が中心になっていく。

ハルというニックネームのその女性は、昼と夜のアルバイトを掛け持ちしていた。その分、早朝に起こされる毎日が堪(こた)えたらしい。

「郵便受けにメモを入れました。これで収まってくれればいいのだけど……」

「ありえないですが、今朝も三時半から、洗濯機の音で起こされました。三時半って真夜中ですよね。メモを読んだから、よけいに嫌がらせしてやろうと思ったのでしょうか。引っ越したいけど、引っ越したら留学資金が減って、目標に到達するのに時間ががかってしまう。こうなったらバトルです」

「不動産屋に電話したら、信じられないことを言われました。わたしの部屋の上には、誰も入居していないと言うのです。そんなはずはない！　じゃあ、毎日聞こえてくる音はなんなの？　頭がどうにかなりそうです」

「隣の部屋かもしれないというアドバイスをいただきました。一応、録音して不動産屋に聞いてもらったのですが、取り合ってもらえず……。この部屋で録音したかどうかわからないとまで言われました。もう引っ越すしかないのでしょうか」

　続きを読もうとして気づいた。更新がそこで終わっている。

　コメント欄には、彼女のことを心配する声が、いくつか書き込まれていた。

　背筋がぞわぞわする。先日、桑原から聞いた話を思い出す。

　ブログなど、更新に飽きてしまうことはいくらでもある。パソコンが壊れたり、ネットが繋がらなくなったりしただけかもしれない。本当に引っ越したのかもしれない。

　最後の更新は二年前になっている。初美は過去の記事を辿（たど）った。

　生活音の話が出る前のブログには、ハルの写真もあった。小柄で丸顔の可愛らしい女性だった。

　通っているフラ教室の名前なども書いてある。初美はメモを取った。

　また、過去の記事を遡る。ハルが部屋で友達とたこ焼きパーティをしている写真があった。どこか見覚えがある気がして、その写真をまじまじと見るが、その既視感がなんなのかわからない。

　気が付けば、窓の外はすっかり明るくなっていたが、洗濯機の音はまだ続いている。

なにかがおかしい。初美はそう感じ始めていた。

その日、初美は仕事を休んだ。

ゆっくりと午後まで眠ると、不安も少し和らいだ。メモを取ったフラ教室に出かける。

受付にいるのは、若い女性だった。友達に勧められて習おうかと迷っていると言って、スマートフォンに保存したハルの写真を見せると、彼女は「ああ、覚えてます」と声を上げた。

「春山(はるやま)さんでしたよね。すごく熱心だったんですけど、いきなりこなくなっちゃったんですよね」

「いきなり、ですか？　やめるとも言わずに？」

「そうなんです。なにか嫌なことでもあったのかな、と先生と話していて……お元気ですか？」

「わたしも二年くらい会ってないんですよね」

「ちょうどこなくなったのも、その頃だったかな」

そこまで言って、受付の女性は手で口を押さえた。

「あっ、よく考えたら他の生徒さんの話ってしちゃ駄目なんですよね」

初美はにっこりと笑った。

「これ以上は聞かないので安心してください」

住所などが聞き出せればいいかと思ったが、さすがにそれは難しかったようだ。

だが、胸騒ぎはどんどんひどくなる。

桑原が聞いた話がハルのことでない限り、同じように消息を絶った女性が二人いる。時期がずれているから、同一人物とは思えない。

ブログの更新を停止しているだけならまだしも、留学したいほど熱中していたフラ教室までやめてしまうのは尋常ではない。

それは怪奇現象なのだろうか。清香が言ったように、洗濯好きの幽霊に連れ去られたのだろうか。

そうではない。この世には幽霊よりももっと恐ろしいものがある。

ポケットの中のスマートフォンが振動した。見れば、清香からだ。

「初美ちゃん、大丈夫？」

切羽詰まったような清香の声がする。

「ええ、すみません。お休みしてしまって。ちょっと体調が悪くて……」

体調が悪かったのは嘘(うそ)ではない。寝不足が原因だったから、寝て回復しただけだ。

寝ないで出勤していたら、もっと深刻なことになっていたかもしれない。そう自分で言い訳する。

怒られるかと思ったが、清香はほっとしたような声で言った。

「よかったあ……桑原さんが昨日、怖いことを聞いたから……」

「桑原さんが？」

「そう。この前、桑原さんがバーで聞いた話覚えてる？　洗濯機の音がするけれど、上の階は無人だったという話」

そして、その女の子が行方不明になってしまったという話だ。

「その子が、遺体で発見されたらしいの……」

初美は息を呑んだ。

目の前の景色が揺れる。その衝撃のせいで思い出した。

ハルのブログの写真、あの、見覚えがあると思った写真の壁紙は、初美の部屋の壁紙と同じものだった。

警察に言っても信用してもらえないのではないかと思ったが、清香が名案を授けてくれた。

翌日の早朝、また洗濯機の音が響きはじめるのを待って、警察に電話して「上の階から侵入されそうになった」と告げた。不動産屋の担当者が言うように、上の階に誰もいないのなら、初美が怒られるだけで済む。

すぐにやってきた警察は、上の部屋に潜んでいた三人の男を捕らえた。

住人のいない部屋に潜んでいたというだけではなく、彼らの持ち物から、スタンガンやロープなど、明らかに不審なものが見つかったため、そのまま事情聴取されることになった。XLサイズのスーツケースなどもあった。

その中には、予想したように不動産会社の担当者もいた。

「部屋を探しにきた女の子の中から、小柄な子に目星をつけて、上が空室の部屋を紹介していたみたい」

友達から話を聞いたという桑原が教えてくれた。

小柄な子を選んだのは、スタンガンで失神させたあと、スーツケースに入れて連れ出すためだ。

ハルが住んでいたのも、同じ不動産会社が所有しているマンションの一室だった。

深夜か明け方か、効果的にダメージを与えられる時間を狙って、わざと音が響く洗濯機を使う。場合によっては、二度、三度と繰り返す。

だいたい、多くの場合、不動産会社に直接苦情がくるから、効果的なダメージを与えられたのかどうかはすぐにわかる。

苦情がくれば、上は空室だと告げる。そうすれば、何人かは、音の正体を確認しようと上の階にやってくる。部屋のインターフォンを鳴らす人もいる。そこを捉えて、スタンガンを使って失神させる。

そのあとになにがあったのかなど、考えたくもない。

家に侵入して誘拐するのは証拠を残してしまうリスクが大きいが、やってきた女性を捕まえるのなら、目撃されるか、死体が見つからない限り、事件になりにくい。女性は自分で家を出て、そのまま姿を消したということになる。

ましてや、ひとり暮らしの女性なら、「上の階を見てくる」と言い残して家を出るということもない。

犯行は判明しにくいと、彼らは考えたのだろう。

初美だって、寝不足で判断力が低下したら、上の階まで音の原因を確かめに行ったかもしれない。そう考えるとぞっとする。

初美はすぐに家を引っ越した。犯罪に関与していたのは、不動産会社でもひとりだけだというが、彼らとその仲間に家を知られているだけで、もう落ち着いて暮らすことなどできない。

また引っ越しをすると、実家の近くに住む友達にメールを送ると、こんな返信がきた。

「大丈夫？　事故物件かどうか調べてあげようか？」

初美は返事を送った。

「大丈夫。怖いのは事故物件じゃないから」

恐ろしいのは、これから事故が起こる物件なのだ。

迷い家（まよいが）

福田和代

福田和代（ふくだ・かずよ）

兵庫県生れ。２００７年『ヴィズ・ゼロ』でデビュー。著書に、『生還せよ』『火災調査官』『広域警察　極秘捜査班ＢＵＧ』『Ｓ＆Ｓ探偵事務所　最終兵器は女王様』『薫風のカノン　航空自衛隊航空中央音楽隊ノート３』などがある。

飲みすぎて、目を覚ますと自宅で寝ていた。

そんな経験は、呑兵衛なら一度くらいはあるかもしれない。四十歳すぎるあたりからが危ない。

塩尻敏行（しおじりとしゆき）がその朝、酒臭い自分にへきえきしながら起きた時も、そうだった。

——いつの間に、家に帰ってたんだ。

店を出てからの記憶がない。ぐっすり眠ったらしく、気分はすっきりしている。帰宅してから風呂に入らなかったのか、全身がアルコール漬けのようだ。出勤までにシャワーを浴びたほうが良さそうだった。

昨夜、塩尻は泥酔した。

今月に入り、本部から若造の支店長が派遣されてきた。そいつが、こともあろうに塩尻の営業成績をつかまえて、部下の飛田（とびた）よりも売り上げが低いとはなにごとですかときた。ヘチマのような顔にアイアンマンの目みたいなメガネをかけて、なに！　ごと！　ですか！　とこうきたのだ。

――冗談ではない。

塩尻が勤めるオーサカ・サプライは、オフィスで使用する事務机、ロッカーやファイルキャビネットなどの什器、パソコン、ＦＡＸ、コピーなどのＯＡ機器、文具、サプライ用品や、コーヒー、紅茶、給湯室の雑巾や石鹸にいたるまでを提供している。

塩尻は北浜界隈でも有力な大口顧客を何社も抱えていて、そういう企業は毎年春になると新入社員がイナゴの群れのごとく飛びこんでくるので、大量の注文が約束されている。不動産屋から転職したばかりで、先月はたまたま、飛び込みの注文を受けてノルマを達成できた中途採用の飛田などと、一緒にしてもらっては困る。

これから、あのヘチマと一緒に仕事をしなければならないのかと思うと、むしゃくしゃして、天満橋にできた日本酒飲み放題の居酒屋で、当の飛田を相手に、日本酒のメニューを右から順に注文しては、ぐいぐいと飲み干した。

「課長、大丈夫ですか？　今日ちょっと、ペースが速いんですけど」

「ダイジョーブ、ダイジョーブ！」

スマホを見て、そろそろ帰りましょうと飛田が言うので、自分も御輿を上げた――あたりまでは、おぼろげながら覚えている。

で、次に目が覚めると自宅だった。

十時過ぎから午前六時まで、八時間近くの記憶が飛んでいる。何が起きたのかと首をひねってみても、何も思い出せない。おそらく、あれからすぐタクシーを拾い、自宅の住所を告げて、まっすぐ帰ってきたのだろう。鞄(かばん)はベッドの足元にある。ワイシャツは床でくしゃくしゃになっているが、スーツは昨夜のうちにハンガーにかけたようだ。記憶はないが、これこそ営業マンの鑑(かがみ)ではないか。

上着のポケットを探ると、財布は無事だ。中身は少ないが、これは想定の範囲内。タクシーの料金はクレジットカードで支払ったらしく、レシートがある。特に、事故は起こしていないようだから、記憶があやふやでも、どうということはない。

こういう事態が、一度めや二度めなら反省もするのだろうが、塩尻は酔っ払い歴が長すぎて、すでにプロの芸域に達している。今さら気にしない。命があり、怪我もしていない。すべては丸くおさまっている。

財布をポケットに戻そうとして、ハンカチが手にさわった。飲んで帰った日は酒臭いので、妻の小枝子(さえこ)がスーツの手入れをしてくれない。夫婦仲が悪いわけではないのだが、寝室は別だ。塩尻の帰宅が遅くなると、寝ているところを起こしてしまうからだった。

――おや。

硬いものがある。ハンカチでくるんで、ポケットに突っ込んだようだ。取り出して開いてみると、陶器のぐい飲みが出てきた。塩尻は詳しくないが、白地に赤い亀甲文様が、細密に描かれた美しいものだ。

なぜこんなものがポケットに入っているのか。ひょっとすると、居酒屋で飲むうちに気に入って、持ち帰ったのだろうか。しかし、居酒屋で出すような酒器ではなさそうだ。

――まずいぞ。

なんにしても、自分のポケットにあるべきものではない。

そこで、塩尻はハッと時計を見た。いけない。シャワーを浴びて髭(ひげ)を剃(そ)り、スーツに消臭スプレーを撒(ま)いて――ぐずぐずしていると遅刻してしまう。

ぐい飲みはハンカチに包んだまま、寝室の隅にある机の引き出しに突っ込んだ。

時間のある時に、出所を探るつもりだった。

＊

いつもより遅い時刻に出勤すると、大口取引先が梅田にふたつめのオフィスを開設するので、レイアウト作成から内装工事まで含めて、すっかり任せた場合の見積もりがほしいというメールが入っていた。大急ぎで担当者と連絡を取り、打合せにレイアウト設計に一覧作成に見積もりにと慌ただしい日々が始まり、ようやく落ち着いたのが二週間後だ。ぐい飲みの件は、すっかり忘れていた。

支店長のヘチマは、手のひらを返したようにご機嫌になり、塩尻の年間営業成績を見て驚いたと、褒めちぎった。

何もかもうまくいってホッとし、飛田を誘って飲みに行こうと腰を上げた時、いきなり塩尻の脳裏で記憶がはじけた。二週間前の自分の行動が、動画のようになだれ込んできて、何が起きたか理解したのだ。

――あの時、塩尻は、明かりの漏れる戸建て住宅の門前にいた。

*

――ああ、家に帰ったんや。

酔眼（すいがん）もうろうとしつつ、そう考えた。

金属製の、蔦（つた）がからまるようなデザインの門扉が、自宅にそっくりだった。タクシーに乗って、寝ている間に帰宅したのだと思った。

門扉の向こうの玄関は、なぜか開け放たれ、暖かな明かりが庭まで漏れている。

夜中にこれは不用心だ。妻に小言を言おうと、ふらふらと門の奥に吸い込まれた。

まだ半分寝ているようで、足元がおぼつかない。周囲に大きな丸い影をいくつも見かけた。こんな植木があっただろうか。玄関に上がり込み、周囲を見渡した。

——わが家の玄関は、こんなに立派だったかな。

下駄箱がえらく大きいし、土間には大理石が敷き詰められている。この時点で、まともな頭なら別人の家に迷い込んだと気づきそうなものだが、塩尻は泥酔していた。

——何か、変やなあ。

ぼんやりそう感じただけで、玄関に立ち尽くしていた。

しばらくすると、尿意を催した。生理現象はどうしようもない。慌てて靴を脱いで廊下を右に曲がり、閉まった三つのドアのうちひとつを開けると、それがまさにトイレだった。どんな家でも、こうした造りはさほど変わらないものだ。

さて、生理的欲求を満たすと、ほんの少しだけ、理性が戻ってきた。

——どこや、ここ。

邸内に明かりは煌々(こうこう)とついているが、人の気配はない。

「おーい。誰かいますか。ここどこ?」

大声で呼んでみたが、やはりしんと静かだ。

逃げ出すかわりに、ふらふらと邸内の一階を歩き回り、人の姿を探した。

どうもおかしな塩梅だ。玄関のドアは開けっ放し。明かりはつけっ放し。人の姿はない。居間のテーブルにひとり用の土鍋がセッティングされている。見ると、携帯用ガスコンロで、白菜や鶏肉（とりにく）がぐつぐつと煮えていた。

誰もいない部屋でガスコンロがつけっ放しとは、危ないじゃないか。塩尻はそう呟（つぶや）いて火を消した。

炊いた白菜の香りに刺激され、おなかがすいてきた。あつらえたように、木製の椀（わん）と割り箸もある。ポン酢と薬味も添えてある。食べてくれと言わんばかりだ。

日本酒の四合瓶の横には、凝った絵付けのぐい飲みが伏せてある。

室内の調度は、古びた印象はあるが、立派なものだった。床には、大きなペルシャ絨毯（じゅうたん）が敷き詰められている。サイドボードに並んでいるのは、塩尻が見たこともない洋酒のボトルと高級そうなグラスだ。コンロに載っている土鍋は、塩尻の家にもありそうなものだったが、椀は漆塗りだった。

――夢でも見とるんやろか。

ここの住人は、どこに消えたのだろう。

階段があったので、ひょっとすると二階にいるのだろうかとも疑ったが、もう一度廊下に出て、階上を透かし見ても真っ暗で、物音ひとつ聞こえない。

そこで、ハッとした。

――これは、例のマヨヒガというやつではあるまいか。

塩尻は、高校の図書室で読んだ『遠野物語』の挿話に、ずっと心を惹(ひ)かれてきた。マヨヒガ、もしくは〈迷い家〉とも書く。

山中で道を失った女が、裕福そうな屋敷に迷い込む。部屋には高価な器が並んでいる。いかにも富のありそうな気配だが、人間の姿はどこにもない。女は怖くなって逃げだし、自宅に戻ると、何日か後に川で塗りの椀を拾った。その椀で穀物を計ると、何度すくっても穀物が減らず、彼女の家はみるみる豊かになったという。マヨヒガは、迷い込んだ人間に、ひとつだけ良い品物を与えてくれる。それを使うことで、富が得られるのだ。

こんな家に迷い込むと、ひょっとすると——と思いたくなる。

塩尻は、白菜と鶏の鍋を食べはじめた。うまい。アルコールで荒れた胃を、優しく癒してくれる味だ。マヨヒガの味かもしれないと思うと、ことさらにうまい。日本酒の横に、ガラスのコップもあった。ぐい飲みなんて、まどろっこしい。コップで手酌だ。

げっぷが出るほど鍋物をつめこんで、腹を撫(な)でながら周囲を見回す。これだけ長居しても足音ひとつしない。今さら誰かが現れても、どうしようもないのだが。

自分はなんと不思議な体験をしているのだろう。幻のマヨヒガに、文字通り迷い込んでしまった。

　このままここに居座りたい気持ちになりかけ、ふと思い出した。マヨヒガでは、ひとつだけなら品物を持ち出しても良いのだ。欲張ってはいけない。ただ、ひとつだけ。

　そこで塩尻は、伏せたままのぐい飲みに目を留めた。美しい陶器の赤い模様が気に入った。

　――これにしよう。

　小さくて、かさばらないのがありがたい。背広のポケットにハンカチが入っていた。それでぐい飲みを包み、そうっと背広のポケットに押し込んだ。

　――マヨヒガさん、ほんまおおきに。

　玄関を出る間際、塩尻は誰にともなく深々と頭を下げた。泳ぐように外に出て、通りかかったタクシーを呼び止め、自宅の住所を告げた。腹がくちくなり、日本酒でさらに酔いがぶり返して、車の中で寝てしまった。

＊

　――まずいぞ。

　ハンカチに包まれたぐい飲みを見て、塩尻は呆然とした。

　飲みに行くどころではなくなって、早々と自宅に戻ってきたのだ。

自分は他人の家に無断で上がり込み、勝手に鍋を食べ、食器を持ち帰ってきた。

——マヨヒガやって？　単なる不法侵入かつ窃盗やないか。

しかも、あの夜から二週間も経っている。すぐさま飛んでいって、謝罪すべきなのに。あの家の住人は、警察に通報したかもしれない。当然だ。自分が逆の立場ならそうする。

この歳になると、ビジネスの上で迷うことは減った。たいていのトラブルは、経験に裏打ちされた知恵で、なんとか解決できる。

しかし、この件については思案がつかない。塩尻は基本的に正直で小心な人間だ。警察に突きだされるかもしれないと思うと、怖くなってきた。

これはもう、可及的すみやかに例の家を探し当て、ぐい飲みを返して住人に平謝りに謝るしかないだろう。土下座も辞さない覚悟だ。あの夜、自分は前後不覚に酔っていた。その事情をよく説明すれば、たとえ警察に突きだされたとしても、最悪の事態を招くことはないはずだ。たとえば、刑務所に入るとか。

悪寒がして、塩尻は身体を震わせた。

——まったく、とんだマヨヒガさまだ。

ぐい飲みを見つめた。使わなかったと思うが、これは洗って返すべきだろうか。何かで読んだ覚えがあるのだが、高級な陶器は、扱いを間違うと傷がついたりして、値打ちが落ちることがある。このまま緩衝材に包み、小さな箱にでも入れて、そっと持参したほうが無難だろう。

　翌日、仕事を早退してデパ地下で菓子折りを買い、飛田と飲んだ居酒屋から歩いて行ける範囲と当たりをつけ、探し回った。居酒屋を中心に、半径を少しずつ広げて歩きまわるうち、蔦がからまるようなデザインの、緑色の金属製の門扉を見つけた。

　――これやないか。

　繁華街からは通りひとつ隔て、周辺にはマンションと昔ながらの商店が残っている。中に、ぽつりと建つ古そうな洋館だ。庭も広い。どうしてこんな見当違いの方角に迷いこんだのか不思議だが、そこはそれ、酔っ払いだから。

　今日は、玄関の扉はぴたりと閉まっているし、窓も真っ暗だ。門柱には「横芝（よこしば）」という表札がかかっている。

　インターフォンを鳴らしても、応答はない。出直そうかと迷ったが、少し離れた路上で、近所の主婦と思（おぼ）しき女性が三人、スーパーの袋を提（さ）げておしゃべりに興じているのを見かけ、そちらに近づいた。

「あのう、ちょっとすいません。こちらのおたく、どなたがお住まいかご存知ですか」

　三人の女性は、微かな警戒心を表情にまとわせたが、塩尻が名刺を差し出すと、顔つきを緩めた。名の通る企業に勤めるメリットだ。

「先日、酔っ払ってご迷惑をおかけしたんじゃないかと思いまして。謝りに来たんです」

殊勝な態度で説明すると、主婦らは顔を見合わせた。

「横芝さんのうちは、おばあさんのひとり暮らしなんですけど、しばらくここでは見かけませんよ。今は住んでないんじゃないかしら」

「どのくらい、ここに住まれてないのですか」

二週間前の、ひとり用の鍋を思い出しながら、塩尻は尋ねた。

「もう半年くらいかしら」

「そうやね。こんなことをお話しするのも何ですけど、あのゴミ屋敷には、私たちもちょっと困っていて」

「えっ、ゴミ屋敷」

「庭を見ませんでした？　すごいことになってんですよ。ゴミ袋が」

「そうなんよね。夏になると臭うし、ゴキブリとかネズミとか、衛生上も良くないから、以前、横芝さんにも申し入れたんですけど、聞いてもらえなくて」

「あれは、やっぱり軽い認知症が入ってるんじゃないの」

「役所にも相談したんですけど、家の中のことだからって、担当者の腰が重くってね」

　主婦らの話によれば、横芝という高齢の女性は、かなりの資産家だったそうだ。この天満橋の自宅だけでも一等地だし土地が広い。そのうえ、大阪のあちこちにマンションや土地を持っていて、賃貸料でゆとりのある暮らしをしていた。

　数年前に夫が亡くなると、横芝夫人はめっきりつきあいが悪くなった。そのころから認知症が始まったのか、自宅に引きこもるようになり、不機嫌そうになっていったそうだ。

　塩尻は門の外から庭を覗（のぞ）いてみた。

　――あの夜、見かけた丸いものは、ゴミ袋だったのか。

　主婦らの言う通り、庭には黒いビニール袋が、何十個、へたをすると百個近く、積み上げられている。

「ゴミをああして袋に詰めて、窓から投げ捨てていたんですよ。ひどいでしょ」

　見ているだけで不安になる光景だった。

「半年も見かけないってことですけど、中で死んでるとか、そういうことは――」

「半年前に、出かけるところを見たんですよ。遠い親戚の人がいて、そっちに住むと話してたんですけどね、その時は」

「あら、私は時々、この家に明かりがついてるのを見たんよ。親戚の人が、掃除にで

「中で誰か死んでたりしたら、もっと臭うと思うんよね。大丈夫じゃない？　まさか、あのビニール袋に死体が詰まってることもないだろうし」

主婦たちは、不謹慎な意見を言ってけらけらと笑い飛ばした。

ひょっとすると、二週間前の夜も親戚が来ていたのだろうか。なぜ玄関が開けっ放しだったり、照明やガスコンロがつけっ放しだったりしたのかはわからないが。

ひとり用の鍋は、掃除を終えて、ホッとひと息ついたその人物が、夕食だか晩酌だかの支度をしていたのかもしれない。自分はそれを、不法侵入して食べてしまったのだ。

よく考えてみれば、通報されていたら、自分のところに警察が来そうなものだ。あの夜、自分はこの家を出てすぐ、タクシーを捕まえて自宅に帰った。警察が調べれば、タクシー会社と運転手を見つけるのは簡単だ。つまり、あの時、この家にいた人物は、理由はわからないが、警察に通報しなかったのかもしれない。

主婦らに礼を言って、帰ることにした。菓子折りは無駄になった。

わけのわからない体験だったが、やはりあの夜、自分が入り込んだのはマヨヒガの類だったのだろうと思い込むことにした。

それで万事がめでたく解決する。

自宅に帰ると、ぐい飲みを納めた箱を、寝室の机の引き出しにそっと隠した。これからも自分に栄華を授けてくれるよう、祈りながら。

＊

自宅に刑事がふたりやってきたのは、それから半年も経った頃のことだった。年配の男と若い男のコンビだ。

日曜の昼間に来訪を受け、「実はこういうものです」と警察手帳を見せられた時には一瞬とまどったが、すぐに半年前の件を思い出して焦った。ずいぶん時間がかかったが、いまさら例の不法侵入の件で、警察が来たのだろうか。

「はあ、どういったご用件でしょうか」

「実は、半年前のことについてちょっと調べておりまして」

――そら、来たぞ。

あれ以来、会社の業績は好調、塩尻の仕事も絶好調だ。ちょっと酒を控えることにしたら、夫婦仲もよりいっそう円満になった。ぐい飲みの功徳かもしれない。

「半年前、十月七日の夜、十時から十一時ごろ、塩尻さんはどちらにいらっしゃいましたか」

年配の刑事が、穏やかに問いかけた。十月七日と言えば、まさに問題の夜だ。すぐ気づいたものの、塩尻は困惑の表情を浮かべ、手帳をポケットから取り出した。スマホも使っているのだが、どうもまだスケジュールは手帳に書かないと気が済まないほうだ。

「十月七日――すみません、去年の手帳を持ってこないと、わからないようです」

ぜひ見たいという刑事ふたりを居間に残して、自分の寝室に入りながら、塩尻は彼らの質問にどう答えるか考えていた。

酔っ払って見知らぬ家に上がり込んだことは、正直に話したほうがいい。しかし、彼らはぐい飲みのことを知っているだろうか。もし、あれについて聞かれなければ、黙っていたほうが得策だ。酔って家宅侵入したのと、そこから何かを持ち帰ったのとでは、罪の重さも変わるのではないか。

「お待たせしました。夜ですよね。十月七日は、部下の飛田と天満橋で飲んでいました」

「天満橋のどのあたりですか」

「よく行く居酒屋なんですよ。『飲みだおれ天満』と言いまして。飲みだおれと言っても、客が倒れるんじゃなく、日本酒飲み放題で店がつぶれるという意味じゃないかと」

スマホで地図を見せると、刑事がうなずいた。

「なるほどね。その夜ですが、塩尻さんは居酒屋を出た後、近くの住宅のそばを通りましたか」

いよいよ、例の不法侵入について明かす時が来たようだ。塩尻は腹を決め、刑事たちに、酔っ払って他人の家に上がり込んで鍋を食べたことを白状した。ぐい飲みの件は伏せた。

「ほうほう。それは興味深い」

刑事ふたりは、目を輝かせて塩尻の説明を聞いていた。時々、年配の刑事のほうが合の手を挟んだり、質問したりするので、話はどんどん詳しくなっていく。

「本当に、家には誰もいなかったんでしょうか。二階には上がらなかったんですね」

「お恥ずかしい話ですが、なにしろぐでんぐでんに酔ってましたから。本当に誰もいなかったのかと聞かれても、自信はありません。酔ってなかったら、他人の家に入り込んだりしてませんよ、刑事さん」

年配の刑事が微笑した。

「わかりました。いろいろ興味深いお話をありがとうございました」

そのまま、腰を上げそうな気配に塩尻はとまどい、慌てた。恥をしのんで告白したのに、彼らはこのまま帰るのだろうか。

「ええと、今日、刑事さんたちがお越しになったのは、いったいどういう――」

「天満橋の民家で、女性の遺体が見つかりましてね」

さらりと返され、目を剥く。

「い、遺体――」

「塩尻さんが、酔って上がり込んだという、まさにその家らしいんですよ。あなた、帰りにタクシーを拾ったでしょう」

言葉にならず、塩尻は何度もうなずいた。

「タクシー会社の記録から、あなたを割り出したんですがね。支払いがクレジットカードでしたし。それに、そのしばらく後ですか、ご近所の方に会社の名刺を渡されましたよね。亡くなった女性とどういうご関係なのか、お話を伺おうと思いましてね」

「ま、まさか、私はその人のこと、何も知りませんよ！」

「もちろん、あなたを疑っているわけじゃないですから、安心してください。女性が亡くなったのは、ここ一週間程度のことと見られています。申し訳ありませんが、これ以上は、捜査中ですからお話しできません」

年配の刑事が笑顔を見せた。ふたりの刑事が、妻に挨拶して出ていく間も、塩尻はソファに腰かけて呆然としていた。

「あなた、いったい何やの？」

刑事たちが帰ると、妻の小枝子が駆け込んできた。こうなるともう、隠してもいられない。しかたがないので、十月七日の件から、小枝子にも説明した。やはり、ぐい飲みの件は後ろめたいので伏せておく。

「天満橋の民家で遺体って、この前、ニュースになってた事件と違う？」

「そんなニュース、あったっけ？」

「小さい記事やけど」

まだ新聞が残っているというので、見せてもらった。五日前の短い記事だ。

——民家の庭に女性が倒れていると通報があり、警察が確認したところ、女性は亡くなっていた。遺体の身元は、民家の持ち主、横芝俊子（としこ）という八十六歳の女性だ。

死因は、頭部外傷。庭はゴミだらけだが、遺体の頭部にある傷をつくるようなものはなかった。死後、庭に運ばれた可能性が高い。

——殺人事件の可能性もあるのか。

この時点では雲をつかむような状況で、警察も発表できる情報が少なかったようだ。

「変な事件に関わり合いになっちゃって。せやから、飲みすぎたらあかんでって、いつも言うてるのに」

小枝子は腕組みしておかんむりだが、正直それどころではなかった。

この記事を読んだだけでは、なぜ刑事たちが自分の家まで探してやってきたのか、よくわからない。自分が迷い込んだのは、半年も前のことだ。

「これ、続報ないんかな」

「さあ、私は見た覚えないけど」

念のために、この五日間の朝刊と夕刊をすべて広げ、続報を探したがそれらしい記事は載っていない。塩尻家で取っているのが、経済紙だからかもしれない。

「ちょっと他の新聞も見てくるわ」

小枝子に断り、塩尻は近くの図書館を目指した。ここ一週間分の新聞なら、書架にあるはずだ。

全国紙をいくつか選び、事件が起きた日以降の記事を丹念に追うと、他紙で続報を見つけた。

――亡くなった横芝俊子は、一年ほど前に、親戚の家に住むと言って自宅を出た後、近隣の住人にも行方が知れなくなっていた。警察が俊子の姪を捜し出したが、俊子を引き取るような親戚には覚えがないという。以前から気難しいところのある老女で、親戚はあまり横芝家には寄り付かなかった。

俊子が持っていた土地のいくつかが、半年前に不動産会社の名義になり、その後、何度も転売されている。しかも、俊子は、天満橋の自宅から別のアパートに住民票の住所を移していた。近隣の住人によれば、俊子は認知症を患っていたようで、なんら

かの事件に巻き込まれて資産を騙し取られ、あげくのはてに殺されたのではないか
――というのが、警察の見方だ。
とんでもない事件に関わってしまったという実感が、じわじわ湧いてきた。

＊

新規の顧客にカタログを見せたり、レイアウトの相談をしたりという忙しい一日を終え、塩尻が飲みに誘ったのは、飛田だった。

「課長、また新しいお客さん摑んでましたねえ。正直、どうやったら課長みたいに新規のお客さんを摑んでこられるのか、僕もあやかりたいです」

飛田が、天満橋の焼鳥屋のカウンターで、心底うらやましそうに愚痴をこぼす。畑違いの職業から飛び込んできたので、仕事のやりかたを早く吸収したいのだろう。塩尻の顧客や営業手法などについても、積極的に尋ねてくる。それがまんざらお追従でもなさそうなところが、飛田をちょくちょく飲みに誘う理由だ。

塩尻は、自分の営業トークのコツや、日々実行している「ちょっとした」テクニックなどを、ビール片手に気持ちよく披露した。べつに自慢しているわけではない。飛田のような若手を、早く一人前の営業マンに育てなければ、自分の仕事がいつまでも

楽にならないからだ。

カウンターの右端のほうから、ちらちらとこちらを見る視線を感じた。振り向くと、中年の男性と目が合った。

「――これは、先ほどの」

男がにっこりと、ひげの剃りあとの濃い顔で会釈した。

「奇遇ですね。こんなところでお会いするとは」

昼間にオフィスを訪れた、新規の顧客だ。三条商事の総務担当、美宅（みやけ）だった。あまり大口の顧客にはなりそうもないが、事務所が同じ北浜なので、コンスタントにサプライ用品を購入してくれそうな印象だった。

北浜と、天満橋は目と鼻の先だ。これからも、このあたりでちょくちょく会うことになるかもしれない。

「もし良かったら、ご一緒しませんか」

気心のしれない相手とでも、すぐさま打ち解けて懐（ふところ）に飛び込むのも、営業マンの腕の見せ所だ。飲み屋の立ち話から大口の注文につながることも、ないわけではない。飛田に手本を見せるつもりもあった。

「お話し中にお邪魔して申し訳ないですが、それではお言葉に甘えて」

美宅がグラスとつまみの食器を抱えて、気軽に席を移動してきた。話しだすと気さくな男で、中途採用で今の三条商事に入ったが、その前は洋酒の営業をしていたことや、学生時代は野球部員で、県の決勝戦で惜しくも甲子園の切符を逃がした話などを、面白おかしく語った。

なるほど、営業経験者なら、人あしらいも達者なはずだ。飛田とも、すっかり打ち解けて喋っている。飛田も積極的に話題を提供している。

「そういえば、この近くでも何か事件が起きたそうじゃないですか」

芸能人の不倫ネタから、近ごろの物騒な事件についての話になり、思い出したように美宅が口にした。もう十時近くになっていて、そろそろ二軒目のスナックか、カラオケにでも行こうかと塩尻が迷い始めたころだった。美宅は面白い男だ。初対面でいきなりカラオケもどうかと思うが、相手の反応しだいでは、誘ってみてもいいかもしれない。

「資産家のおばあさんが殺された事件ですね」

飛田が間髪を容れず相づちを打つ。営業マンとして、時事問題にはよく目を通しておけと教えたのを、実践したらしい。ほろ酔い加減の塩尻は、多少、口も緩んでいた。

「あの事件、実は私も、まんざら縁がないわけじゃないんです」

「えっ、課長がですか。いったい、どう関わりがあるんですか」

会社では黙っていたので、飛田が目を丸くしている。

「実は、遺体が見つかった、あの家に入ったことがあるんですよ。飛田、君と飲みに行った日のことだよ」

塩尻がこう言うと、美宅が身を乗り出した。

「面白そうな話じゃないですか。どういうことですか」

なんとなく得意な気分になって、塩尻は、酔って目が覚めたら門の前にいたという例の話を繰り返した。刑事たちに話した時より、三割増しくらいで身振りが増え、話の内容も盛っている。途中の記憶がないと告白すると、飛田におおいにウケた。

「先日も、その件で刑事がうちに訪ねてきまして」

「えっ、課長、大丈夫なんですか」

「もちろん、私を疑ってるわけじゃないんですよ。私が家に上がり込んだのは半年前で、おばあさんが亡くなったのは二週間くらい前らしいですから。ただ、半年前に私が近くでタクシーを拾ったのと、後で謝りに行った時に名刺を近所の人に渡したのとで、念のために話を聞きにこられたんですけどね」

そういえば、ぐい飲みの件は刑事たちに話さなかったが、彼らには話しても問題ないだろう。

「ここだけの話ですが、実は酔った勢いで小さなものをひとつ、持ち帰ってしまったんです。こんなこと、今まで誰にも話したことはないんですけど」

塩尻が声をひそめたので、両側から美宅と飛田が聞き逃すまいと身体を近づけてきた。

「――マヨヒガって、ご存知ですか」

こうなるともう、塩尻の独擅場（どくせんじょう）だ。柳田国男（やなぎたくにお）の『遠野物語』はふたりとも名前くらい知っていたが、マヨヒガのエピソードは知らなかったそうで、目を輝かせて聞き入っている。塩尻は、二軒目の店のことなどすっかり忘れて、熱心にマヨヒガの話を紹介した。

「それじゃ、そのぐい飲みが、塩尻さんを成功に導いてくれるんですね」

美宅が面白そうに持ち上げる。

「そうだといいなあと、まあ、これは私の願望にすぎませんけどね！」

全員で大笑いし、この日の飲み会はお開きとなった。また飲みましょうと美宅もご機嫌だったので、これからも公私ともに良いつきあいができそうだ。

＊

横芝のおばあさんの事件は、新聞に続報が載ることもなく、捜査が進展したのかどうか知る由もなかった。

美宅からは楽しかったとお礼のメールも届いた。いい飲み友達になれそうだ。

一昨日、マヨヒガのネタを得意げに彼らに披露したことは、塩尻も反省していた。酔っていたとはいえ、仕事関係の人間に、自分が不法侵入や窃盗を働いたことがあると、べらべらしゃべり散らすとは非常識だ。

ただ、美宅はそれも「酒の上のこと」とあっさり割り切ったようだ。また飲みましょうと喜んでくれた。性格的に寛容なのだろうか。美宅の話を聞くうちに、彼には警察官の親戚がいることもわかった。親戚からいろんな話を聞いているので、塩尻の悪戯程度には、びくともしないのかもしれない。

帰宅すると、珍しく小枝子が起きて居間で待っていた。

「あなた、ちょっと変なんよ」

「どないした」

「昨日と今日、うちの窓を、じっと覗き込んでる人がおって」

「なんやそれは。お前の気のせいじゃないのか」

「ちゃうって。二日とも、私がパートから帰ってきたら、慌てた様子でうちの前からすっと離れたんやから。あれは、どっから入ろかと思って、探してたんやと思う。泥棒かも」

「どんな奴やった？」

いちおう聞いてみると、小枝子が顔をゆがめた。

「ガラの悪そうな男やねん。私より少し年上かな。サングラスかけて、竜の刺繡の入ったジャケットを着てた」

こういう時の、小枝子の観察力は当てになる。知らない人間の年齢でも、彼女は自分自身との比較でたいてい当ててしまうのだ。

「警察に相談したほうがええんとちがう」

「でもなあ、たまたま、うちの前を通りかかっただけかもしれへんし、いきなり警察に行ったりして、ことを荒立てるのもなあ」

「せやけど、たった一回でも、泥棒に入られたら終わりやろ？　お金を盗られるくらいならまだしも、家に誰かおる時に侵入されて、鉢合わせなんかしたら、怖いやん」

ひとりで自宅にいる時間の長い小枝子が、怖がるのも無理はない。いきなり警察とは、極端すぎる反応ではないかと思ったが、塩尻はその男を直接見ていないのだ。小枝子は敏感に他人の感情を読み取るので、何か怪しいと感じたのかもしれない。

「それじゃ、明日にでも、交番に行って相談してみたら」

小枝子がうなずいた。

＊

「なんだか、浮かない表情ですね」

美宅の声に、塩尻は我に返った。美宅に誘われて、天満橋のワインバルに飲みに来たのだが、しばし自分の考えにひたりこんでいた。

「いや、すみません。ちょっと家のほうで、心配事がありまして」

小枝子は昨日、パートを休んで交番に相談に行ったのだが、警察官は親身に話を聞いてくれたものの、パトロールの経路に塩尻家の前の道路を入れると約束してくれただけだったそうだ。まあ、そんなものだろう。しかし、小枝子は不安を感じているようだ。

「ご自宅の心配事ですか。それは、今日お誘いして申し訳ないことをしたかな」

「いえいえ、息抜きができて私はありがたいですよ。そうだ、美宅さんは、ご親戚に警察の方がいらっしゃると言われてましたね。ちょっとお尋ねしてもいいでしょうか」

「ええ、どういうことでしょう」

関心を示してくれた美宅に、自宅を覗き込んでいたという小枝子の訴えと、警察の対応を説明した。

「――とまあ、そんな話なんです。警備会社と契約すべきですかねえ」

「なるほど、そういうことですか」

美宅がしばらく黙りこんでいるので、つまらない話で彼を不愉快にさせてしまったのではないかと、心配になりはじめた時だった。

「ノビと隠語で呼ばれる侵入盗は、入りやすい家を選ぶと聞いたことがありますよ。陰になっていて人目に付きにくいとか、窓が開けっ放しとかね。そういう家を物色して歩くんだそうです」

「うちは、そういう家じゃないと思いますけどねえ。外から玄関まで丸見えですしね。女房は用心深くて、窓を開けっ放しにしたりはしない性質です。それに、うちだけをじっと見ていたと言ってました」

「なるほど」

美宅がグラスを握ったまま、うなずいた。

「塩尻さんにも奥さんにも、その男性にまったく心当たりはないんですね」

「もちろん、ありません」

「塩尻さん、先日お話しされていた、マヨヒガから持ち帰ったぐい飲み、まだお手元にありますか」

「えっ、ええ、ありますよ」

「それ、横芝のおばあさんの事件を捜査している警察の人に、提出しませんか」

いきなり話が飛んだので、塩尻は驚いた。

「それは——まさか、今回の件が、ぐい飲みに関係しているということですか」

「私にも確信があるわけではないですが、それならその男性が、塩尻さんのお宅だけを観察していた理由になると思いましてね。今さら警察に話しにくいということでしたら、私の親戚のほうからちょっと声をかけてもらっておきますよ」

こうなってみると、マヨヒガから持ち帰ったぐい飲みは、もはや気持ちの悪いものでしかない。美宅の勧めに応じ、彼の親戚の警察官——どうやら、かなり上層部にいるようだ——から捜査本部に声をかけてもらって、以前も自宅に来た刑事が、ぐい飲みを取りに来てくれた。

「すぐ話してくだされば、お互いに手間が省けましたのに」

年配の刑事が、笑顔で皮肉を言った。塩尻は恐縮するしかない。

「申し訳ありません。さすがに言いにくくて」

「まあ、いいでしょう。こうしてきちんと保管してくれたんだから、これで相殺ですね。ひょっとすると証拠になるかもしれない」

「えっ、証拠ですか」

「上から許可が出たので話しますが、例の横芝さんの事件は、彼女の資産を狙った、地面師の犯行だと見ています。すでに、連中のグループも特定しているんです」

地面師というのは、塩尻には初めて聞く言葉だった。なんでも、他人の不動産が自分のものであるかのように装い、勝手に売買してしまう詐欺師なのだそうだ。

刑事が言うには、土地の売買などから、関与した不動産業者らを特定したが、横芝のおばあさんを拉致した男が、たしかに十月七日の夜、屋敷内にいた証拠を探していたのだそうだ。

「その日、横芝さんを屋敷に連れ戻し、うまく言いくるめて通帳を出させたらしいんです。お金の動きと、目撃証言からその日付に間違いないと見ています」

「それは、まさに私があの家に上がり込んだ――」

「そう、その日付ですよ」

それでは、玄関が開きっぱなしになっていたあの夜、横芝のおばあさんもあの屋敷内にいたのだろうか。あのひとり用の鍋は、おばあさんのために用意されたのだろうか。

「このぐい飲みから、何か出てくるといいんですが」

刑事たちは、そう言って帰っていった。

＊

新聞やテレビで、天満橋の資産家の高齢女性から資産を奪い、殺した「地面師」グループの逮捕が報じられたのは、その一週間後だった。

刑事たちから塩尻には何の連絡もなかったが、新聞記事から察するに、例のぐい飲みから容疑者の指紋が出てきたようだ。容疑者は、横芝家になど行ったこともないと否定していたが、なぜ指紋があったのかと問い詰められて、持ちこたえられなかったらしい。

「地面師」グループは、まず、高齢でひとり暮らしの資産家を捜し出した。会社を経営したり、アパートやマンションの賃貸収入を得たりしている資産家を、賃貸物件を主に扱う不動産会社に潜りこんだ仲間が選び出す。子どもがなく、親戚づきあいのない高齢者なら、ますます扱いやすい。認知症なら最高だ。

そして彼らに取り入って、資産を奪う手口を各地で繰り返していた。横芝のおばあさんは、一年ほど前から自宅を出て、親戚の家などではなく、地方のグループホームに入居していた。もちろん、「地面師」たちが騙して入居させたのだ。

その間に、実印の変更登録を行ったり、通帳を探したりするため、彼らは何度か天満橋の屋敷に上がり込んで、役所からの郵便物を受け取る必要があった。それが、近所の主婦たちが明かりがついているのを見かけたという、「時々掃除にくる親戚」だったようだ。

ただ、グループホームに入っても、横芝のおばあさんは、通帳の隠し場所を言わなかった。大事なものだという認識は、認知症になっても揺らいでいなかったらしい。容疑者たちは、横芝のおばあさんをいったん屋敷に連れて帰り、彼女の好きな日本酒や鍋を用意したり、いろんな話をしたりして気持ちをほぐし、二階の寝室に隠してある通帳を取り出させたそうだ。

おそらく、まさしくその時に塩尻が迷い込んだ。トイレに行ったり、大声で住人を探したり、鍋を食べたり、狼藉を尽くしているあいだ、二階で容疑者たちがおばあさんを連れて息をひそめていたのかと思うと、背筋が寒くなる。

――しかし、あれ、証拠として使えるのかな。俺がずっと持ってたのにな。

「塩尻さんも、とんだとばっちりを食いましたね」

美宅がニュースを見て、事件解決の記念にと、天満橋の居酒屋に誘ってくれた。本当なら、飛田も誘いたいところだったが、彼は昨日から無断で会社を休んでいる。しつこく携帯に電話をかけても、なしのつぶてだった。一昨日は元気そうだったが、まさか重い病気にでもかかっているのだろうか。それにしても、電話の一本くらい、かけられないものだろうか。

「美宅さんが、例のぐい飲みを警察に提出するようにと助言してくださったおかげです。私はカッコ悪くって、あのまま黙っているつもりでした」

塩尻が頭を掻くと、美宅がビールを飲みながら笑った。

「いや、以前そのお話を伺った時に心配になったので、いつかお勧めしようと思っていたんです」

なるほど、さすが警察官を親戚に持つだけのことはある。

その時、塩尻のスマホに着信があった。てっきり飛田かと思ったら、支店長のヘチマだった。

「ちょっと、失礼します」

「どうぞ、どうぞ」

美宅に断り、電話を取る。

『たいへんです、塩尻さん。飛田君が逮捕されました』

「なんですって」

『さっき警察から電話があって、明日にも会社に話を聞きに来るそうです。明日は塩尻さんも、直属の上司として、私と一緒に刑事さんに会ってくださいね』

「待ってください、飛田がいったい、何をしたんですか」

『詳しいことはわかりません。どうやら、ニュースになっていた、資産家の詐欺事件に関係しているようです。飛田君は、容疑者の仲間だというんですよ』

――なんだって。

めまいがしてきた。

「大丈夫ですか、塩尻さん」

ハッと気がつくと、美宅がそばにいて、背中に手を当てて支えてくれていた。

「いや、すみません――。何がなんだか」

「今のお電話は、飛田さんの件ですね？　ひょっとして、彼は例の事件に関与していたんじゃないですか？」

「どうしてそれを」

意外な言葉を聞いて、思わず美宅の顔を見直してしまう。美宅は、照れ笑いしながら、濃いひげの剃り跡を撫でた。

「実は、お話を伺ううちに、変だなと思ったんですよ」

「どうしてですか。私の話の、どこがいったい――」

あれだけ長い間、飛田と一緒にいたのは自分なのに、どうして自分は何も気づかず、美宅が気づいたのだろう。

「飛田さんと私に、ぐい飲みのお話をされたでしょう。その翌日からじゃないですか。

お宅に変な男が現れたのは」

塩尻は、とっさに記憶をたどった。美宅の言う通りだった。彼らと飲み、いい気持ちになって「マヨヒガ」のエピソードを披露した翌日とその次の日、小枝子が自宅を覗き込む男を見かけたのだ。

「それまで、誰にもぐい飲みの話をしてないと言われてましたよね。それに、マヨヒガに迷い込んだのも、飛田さんと飲んだ帰りだったと言われましたね。なんだか妙だなと思ったんです。もちろん、飛田さんを積極的に疑う理由もなかったので、黙っていましたが」

塩尻は呆然とした。

それでは、塩尻の手元にぐい飲みがあると知った飛田が、誰かにそれを話したせいで、自宅に男が来たというのか。

——そんな、馬鹿な。

日本酒の杯を、ぐいと空ける。

その瞬間、自分の声が脳内でよみがえった。

(どこに行くんだ、飛田)

映像が、きらめく光の奔流のように、記憶をよみがえらせた。

スマホを見て、そろそろ帰りましょうと言った飛田が、店を出て別れた後、住宅街の方向に歩き去っていく。あいつ、どうしてあんな方角に行くのだろう。ひょっとして、酔っているんじゃないか。

塩尻は酔眼を据えて、「どこに行くんだ」と言いながら、ふらふらと飛田を追った。

ふと気がつくと、自宅とそっくりの門構えを持つ、屋敷の前に立っていた。

そうだ。あの夜、酔っ払った自分があの屋敷の前に立ったのは、飛田が先にあそこに入ったからだ。あいつは、スマホで誰かに呼ばれたのかもしれない。あの屋敷に来てくれと。

――今まで忘れていたなんて。

「地面師」グループは、不動産会社などに仲間を送り込み、土地を持つ、身寄りのない高齢の資産家をじっくり選んでいたそうだ。

飛田は以前、不動産会社にいた。一年前、そこを辞めてオーサカ・サプライに中途採用された。今の会社でも、営業マンとしてさまざまな企業の経営者と会う機会がある。彼の成績はもうひとつパッとしなかったが、実はひそかに、高齢の資産家の経営者を探していたのだとしたら――。

飛田が自分より先に、屋敷に入った。

塩尻が、あの屋敷で鍋をつついていた間、二階に飛田もいたはずだ。彼は、自分が何を見かけて、どこまで覚えているか、気が気ではなかったのではないか。記憶がないと聞いて、大いに喜んだのも当然だ。

「今まで、そんな大事なことをすっかり忘れていたなんて信じられない――」

塩尻はカウンターに座ってうなだれた。美宅が微笑んでいる。

「きっと、上司として飛田さんを信頼したかったんですよ。だから、無意識のうちに、つじつまの合わない記憶を封印したのかもしれません」

「無意識に――」

いや、そんなはずはない。飛田はできの悪い部下だった。営業マンとして、ノルマを達成できたのは、この一年でひと月だけだ。成績はボロボロ。そんな飛田をよく飲みに誘ったのは、彼が酒場で自分の話を喜んで聞いてくれるからだった。他の若手は、上司に飲みに誘われても、彼女とのデートを優先するような奴らだし。

そこで、ようやく気がついた。

そうだ。飛田はよく、塩尻の顧客について、根掘り葉掘り尋ねていた。あれは、次に狙いをつける資産家を探すためだったのか。営業手法を教わろうとしていたのではなく、獲物を探していたのだ。

――自分を利用して。

怒りにまかせて、杯を干そうとした塩尻の手を、美宅が微笑みながら、そっと押さえた。

「ほどほどにしましょう、塩尻さん。でないとまた、マヨヒガに行ってしまいますよ」

「――たしかに」

――だが、行けるものなら、今度こそ本当の迷い家に行ってみたいものだ。

塩尻は嘆息し、杯をテーブルに置いた。

沈みかけの船より、愛をこめて

乙一

乙一（おついち）

福岡県生れ。1996年『夏と花火と私の死体』で第6回集英社ジャンプ小説・ノンフィクション大賞を受賞し、デビュー。2003年『GOTH　リストカット事件』で第3回本格ミステリ大賞受賞。著書に『暗いところで待ち合わせ』『ZOO』『失はれる物語』などがある。

1

私が怪我をしたとき、父がめずらしく見せた動揺。

弟がはじめて自転車に乗れたときの、母が見せた喜び。

両親は私たちを愛している。それは疑いようのない事実だ。

「離婚しようとおもってる」

父が私を部屋に呼んでそう告げたのは、十月末のことだ。その前の週は私の十四回目の誕生日で、バースデーケーキをみんなで食べたばかりだった。母はスマートフォンのカメラでみんなの笑顔を撮影していたし、夫婦のツーショットも撮っていたというのに。

「え、なんで?」

「すまない。パパとママで話しあって決めたことだ」

確かに両親は、よく喧嘩をしていた。だけど離婚などという状況にはならないとおもいこんでいた。二人が口論をはじめても、昨日や今日も夫婦だったのだから、明日や明後日もあたりまえに夫婦で居続けるのだろうと。

「パパとママが離婚したら、果穂、おまえはどっちについて行く?」

書斎の椅子を軋ませて父が聞く。私はまだ中学生で、どちらかに養われなくてはならない。真っ先にかんがえたのは弟のことだ。

「ナオトといっしょ? それとも私たち、離ればなれになるの?」

「おまえたちの意思を最大限に尊重する」

その場で父は口にしなかったが、「パパの方についてきて欲しい」という目をしていた。

「かんがえる時間がほしいよ。すぐには決められない」

「期限を決めよう。十二月になったら、どちらについて行きたいかを聞かせてほしい」

庭木の枝から、落ちる葉を見て、胸がつまった。私が子どものころから慣れ親しみ、いつまでもつづくとおもわれていたこの家族は、もうじき解体されるのだ。

　父母の身体からそれぞれ、私たちへの愛情を取り出し、天秤で重さを量ることができたなら判断材料になり得るだろうか。だけど愛は概念だ。定量することなんかできない。

　もしも片方を選べば、もう一方は、子どもに選ばれなかったという事実により深く傷つくだろう。どちらについて行くかを選択することは、父母のどちらをより愛しており、どちらをより愛していないかを示すことになってしまうからだ。

　台所に行くと、母が不安そうな表情で私を見る。書斎で交わされた会話の内容を察しているようだ。

「パパの話、どこから冗談だったのかな？」

「全部、本当。でも安心して、こういうことってね、意外とよくあるんだよ」

「ドラマの中ではね」

「これでも、がんばってみたんだけどな」

　母は弱々しくほほえむ。家族というこの船が沈没しないように、母は食事を作り、洗濯をして、家の掃除をしてくれた。だけど無理だったらしい。この船には穴が開いてしまった。海水が流れこみ、もうじき沈むのだ。

「私とナオトが泣いてお願いしたら、取りやめてくれる？」

「うーん、それはむずかしいね」

もう完全に二人の心は離れている。そうおもわせる言い方だった。

夕飯のとき父母を観察した。二人が交わす言葉の数や、相手にむける視線の頻度を注意深くしらべる。二人の視線が交わることはない。私や弟に話しかけはするが、相手に会話をふることもない。よそよそしい態度だ。私と弟のために夫婦を演じているのかもしれない。二人の間でどんなやりとりがなされて、離婚という結論に至ったのだろう。私と弟はただ、親の結論に従うしかないらしい。淡々とした、それまで通りの食事風景が目の前にある。

「離婚のことだけどさ、どっちが最初に言い出したの？」

コロッケにソースをかけながら小学五年生のナオトが言った。私と父と母は同時に咳きこむ。口に入っていたものが出そうになった。ナオトの頭を私は手のひらでたたく。

「その話題、もうちょっと繊細に！」

「まあ、どっちだっていいんだけどさ」

頭をさすりながらナオトはコロッケを食べる。

恋愛結婚だったと聞いている。かつてはおたがいのことを確かに愛していたはずだ。いつから、どんなことがきっかけでこうなったのだろう。だれかへの愛情というものは時間経過とともに薄れてしまうものなんだろうか。

離婚の提案を最初に切り出したのは母だったという。動機をざっくりと表現するなら、性格の不一致ということになるのだろうか。

父はドライな性格だが、母はどちらかというとウェットだ。理知的に物事を切り捨てていく父とは対照的に、母は情に厚いところがある。それらの差異が、結婚前はそれほど気にならなかったのだろう。しかしいっしょに生活するうちに、それが耐えたいものへと変貌していったのではないか。私には想像することしかできないけれど。

口論になると、いつも最後には母が折れていた。母の中にはずっと、夫婦関係を維持しようという気持ちがあったような気がする。だから、自分が折れることで喧嘩を終わらせていたのだ。あるいは、そういう関係性につかれてしまったから、母は離婚を切り出したのかもしれない。

両親が険悪モードへ移行したとき、私と弟はよく別の部屋に逃げこんだものだ。嵐が過ぎ去るのを待つみたいに、じっとしていなくてはならなかった。両親の口から相手へのうらみごとが聞こえてくると、私たちは不安になり、落ちつかなくなった。いっしょの部屋で寝ていたころ、ナオトがよく夜泣きをしていたのは、両親の関係性が影響していたのかもしれない。そういう風に暮らしていたせいで、私はすこしだけ、ナオトに過保護だ。

離婚について聞かされた日の晩、ナオトを部屋に呼び出して話し合いをおこなった。議題は【離婚後に私たちはどちらについて行くべきか】。眠そうに目をこすりながら彼は言った。

「僕は、姉ちゃんといっしょなら、それでいいよ。どっちでも変わんないでしょう」

「どっちでも変わんなくないよ」

ナオトには良い大学へ進学してほしい。そのためには経済的に余裕のある方へついていくべきだ。私といっしょに引き取られることが良いのかどうかも疑問だ。子どもがふたりになれば養育にかかる金額も二倍。家計が困窮してナオトの大学進学に支障が出てはいけない。やはりここは別々に一人ずつ引き取られるべきだろうか。しかしそのせいでナオトの情緒面に陰りがさして非行にはしったらどうしよう。私は心配で何も手につかなくなるだろう。

「まずはお父さんとお母さんの、それぞれの経済状況を確認しないと」

私はそんなことをかんがえる。父母のどちらかに、二人同時に引き取っても余裕のある資産があればそれに越したことはない。

調査しなくてはならない項目を私は書き出した。父母それぞれの資産、私たちを引き取った後の収入源、この家はどちらが所有するのか。ノートに箇条書きしていると、後ろからナオトの寝息が聞こえてきた。安らかな表情で寝ている。守りたい、この寝顔。

さて、と私は気をひきしめる。両親の中に、私たちへの愛情というものがあることは理解している。だけどその質や量、おおきさを測定し、比べることはむずかしい。父と母、どちらがより深く私たちを愛しているのか。私たちの胸に、どちらへの愛がより強固に存在しているのか。正直なところ、どちらも選びたくないし、どちらも選びたいのだ。父と母に差をつけたくないし、つけられない。

だから、愛情という判断基準をひとまず除外し、他の様々な要素を検討してかんがえることにする。自分たちの人生を預けるに値するのはどちらなのか？　十一月に入り、私は両親の査定を開始した。

2

朝に友人と待ち合わせて、冷たい風に肩をふるわせながら中学校まであるく。友人の吐く息が寒さで白い。彼女は幼稚園時代からの幼なじみだ。

「果穂、引っ越すの？」

友人が言った。土手からの広々とした景色を私は見つめる。

「ママについてくとしたらね。ママの実家で暮らすことになるとおもうんだ。といっても、この町から電車で一時間半くらいの場所だけど」

リサーチの結果、今、住んでいる一戸建ての住宅は父のものになることが判明した。母が出て行く形である。

父の職場はこの町にあるが、母は働いていないのでこの町に住みつづける理由はない。家賃を支払う必要のない生家へと母はもどるのだ。

父は家と土地という資産を手に入れるわけだが、それで裕福になったとかんがえるべきではないらしい。同時にこの先、数十年にもわたって支払い続けるローンがあるわけだから。

「じゃあよかった。一生、会えなくなるわけじゃないんだね」

「遊びに帰ってくるよ。それに、ツイッターとかインスタグラムとかあるわけだし。スカイプもしようね」

「でも、気軽に会えなくなるのはやだよ。果穂、お父さんと暮らしな。そうすればこの町にいられるんでしょう？」

「そんなかんたんには決められない。でも、やっぱりおおきいよね、引っ越しをするのか、しなくていいのかって問題は」

　慣れ親しんだ景色、幼年期に散歩したあぜ道、転んで膝をすりむいた路地、いつも猫がいる細道、全部おぼえている。土手から見える対岸のマンションや、友人と下校中に買い食いしているところを先生に見つかってしかられた鯛焼き屋。自転車に乗ればすぐに友人と会える。それらはすべて、父と暮らす際のメリットにちがいない。

　母と暮らすのなら、それらと決別しなくてはいけない。心がゆれうごく。どちらについて行くべきなのか。


　学校を終えて帰宅すると、母が買い物ついでにクリーニング店へ行くというので、それにつきあうことにした。クリーニング店は商店街にあり、母は冬物のコートをあずけた。店で広げられたものを目にしたが、おしりのあたりに白色の粉末みたいな汚れがついている。転んで尻もちをついた際の汚れだというが、母は時々、目が離せないような失敗をした。

　しっかりものの父と、うっかりものの母。

　割合いつも平静をくずさない父と、何かあるたびに感情を表に出す母。

「俺がいっしょにいないとだめなんだ、こいつは」

などと、父は母のことをおもってつきあいはじめたのかもしれない。

クリーニング店を後にして、商店街をあるきながら、なつかしくなる。弟とおこづかいを握りしめてよくここに来たものだ。

「ママについて行くことになったら、商店街ともおわかれだよね」

「うん。ざんねんね、ここ、好きだったのに」

母もまた、なごり惜しそうだ。商店街の肉屋で母はコロッケを購入する。魚屋と八百屋をのぞいて夕飯の材料を選ぶ。

「離婚したら、パパ、ご飯はどうするのかな？」

私は、父が料理しているところを見たことがない。

「なんとかするでしょう、大人なんだし」

「ママは離婚したら、働くの？」

「落ちついたら、パートか何か、やろうかな。仕事あるといいんだけど、あの町に」

母の生家周辺は田畑しかないような場所だ。国道沿いにしばらく行けば郊外型の大型ショッピング施設があるので、そこならレジ打ちの仕事があるかもしれない。

「ママは働きに出るかもしれないけど、家にはおじいちゃんとおばあちゃんがいるからね、さみしくはないとおもうよ。ママが帰ってこられないときは、おばあちゃんが食事を作ってくれるみたい」

祖母の味付けが好きだ。根菜やこんにゃくをつかった煮物が特に絶品である。健康的な食事が保証されているようなものだ。

一方、父と暮らした場合を頭の中でシミュレーションしてみる。料理をほとんどやらない父に代わって、私が食事の支度をすることになりそうだ。しかし私も料理は不得手なので、ゼロから学ばなくてはいけない。貧相な食事になるだろう。毎日はきっと作れないから、外食やコンビニのお弁当の比率が高くなるはずだ。日々の食事のことをかんがえると、母と暮らした方が健康的なものを食べられそうだ。

経済面はどうかな。母のパートのお給料と、父の年収、どちらがたくさんあるかはかんがえるまでもない。だけど私と弟が母と暮らすことになれば養育費がもらえる。ネットに掲載されていた資料に基づいて計算してみたのだが、私たちを母が引き取った場合、毎月およそ十万円前後の養育費を父からもらえそうだ。贅沢をしなければ暮らすことはできるのではないか。

祖父母の住む家と土地を母が相続する可能性もある。ただし母には妹がいる。私にとっては叔母だ。おそらく遺産は母と叔母で分割することになるのだろう。

お金のことばかりかんがえていると、自分が浅ましい人間におもえてきた。だけど自分とナオトの人生のためだからと割り切らなくてはならない。ナオトが健やかに暮らせるように私はよくかんがえる必要がある。ここで選択を誤って離婚後の生活が過酷なものとなり、ナオトの心に暗い影ができてひきこもりになって私にむかって「あっちに行けよ！」などと冷たい反応をするようになってはいけないからね。

冬の空はすぐに暗くなる。街灯のついた商店街を母とあるきながら私は言った。

「ママ、ちかいうちに、おじいちゃんちに行ってもいい」

「どうして？」

「もしかしたら、住むことになるかもしれないんでしょう？　転校先の中学校とか、ながめてみたいんだよね」

どんな場所で学校生活を送ることになるのか？　それもまた私とナオトにとっては検討すべき要素だ。母の生家に一番近い中学校ということは、母の母校ということになるのだろう。せめてきれいな校舎であってほしい。私の提案を、母は受け入れてくれた。

土日を利用して私とナオトは母の生家へと行くことになった。父は一人で留守番するという。離婚することは双方の祖父母に打診済みだ。そんな状態で母の生家に足を踏み入れるのは父も気まずいだろうし、祖父母もどんな顔をすればいいかわからないだろう。

特急の電車に乗ってしばらくゆられていると、車窓の風景が見晴らしのいいものに変化した。刈り入れを終えた田んぼの合間に、民家がぽつぽつと建っている。年に数回、母の生家へとむかうときに見る眺めだ。

地方の駅に到着して、そこからはバスに乗る。山の麓（ふもと）に沿って国道を進み、バス停で下車する。十分ほどあるいて母の生家にたどり着いた。二階建ての巨大な木造だ。現在は祖父母の二人暮らしだが、空き部屋がいくつかある。ここに住む可能性があるからと、私は隅々まで注意深く観察する。

「いらっしゃい。よく来たね。さあ、あがってあがって」

広い玄関で、祖母が私たちを出むかえてくれた。

祖父は居間でテレビを見ながらお茶を飲んでいる。

「また大きくなったな。最後に会ったのはお盆だったか」

私とナオトを見て祖父は言った。頭をさげる私の横をすりぬけて、ナオトは炬燵（こたつ）にもぐりこむ。

「じいちゃん、お母さんたち、離婚するらしいよ」

会って第一声がそれなのはどうだろうか。

「おう、聞いた聞いた。それでおまえ、どっちについて行くか決めたのか？」

「まだ。姉ちゃんが今、かんがえてくれてる」

祖父がちらりと私に視線をむける。

「あんた、ちょっとは自分でかんがえな」

私はナオトを小突いてとなりにすわる。祖母がお茶を注いだ湯飲みを私たちのために用意してくれた。

「子どもは母親といっしょにいるのが一番よ。ねえ、そうおもわない？」

「まったくだ。ここでみんなと暮らすのが一番だ。二人とも、加代（かよ）といっしょにこの家に来なさい」

加代というのは母の名前だ。大量のお菓子が用意され、私とナオトはもてなしをうける。祖父母は私たちを父方の家に取られたくないというおもいがあるらしい。そのため、母に引き取られてこの家で暮らすのがどんなに良いことかを口々に述べる。到着してゆっくり休む間もない。自然豊かなこの土地で暮らすことが、人格形成に良い影響をおよぼすはずだ。そういう祖父母の話の途中で、ナオトはふらりと立ち上がって私を置き去りにしてどこかへ行ってしまう。ずるい。

「話はそれくらいにして、二人とも。果穂、学校を見に行こう」

母が居間に来る。祖父母の熱心な勧誘から逃げる口実ができて、ありがたかった。

祖父の軽自動車を借りて、母の運転で中学校を眺めにむかう。ナオトは部屋で携帯ゲームであそんでいたいらしく置いてくることになった。

助手席の窓から景色を眺める。田園地帯はこの時期、殺風景だ。寒々しい光景と言っていい。国道沿いのガードレールに沿って、毎朝と毎夕、自転車で中学校を行き来することになるんだろうか。夏も冬も、白色のヘルメットをかぶって。

「校門の外から見る程度だけど、それでもいいかな?」

「うん、大丈夫」

事情を話したら校舎内の見学などもできたのだろうか。だけど転校は確定ではないのだし。

中学校の校門前に母は軽自動車を駐車させた。土地が余っているらしく、広々とした空間があり、通行の邪魔になることはない。校門越しに見える校舎は古かった。雨風にさらされたコンクリートは、曇り空と同じ色をしている。雨水が流れたような染みがやけに目立つ。休日で生徒の姿が見当たらないせいか、閑散として寂(さび)れた印象である。私の心は沈んでしまった。比較をすることではじめて、今現在、通っている中学校校舎の真新しさに気付かされる。ここで学ぶのかあ、とため息をつきたくなる。

「なつかしいなあ」

私の横で母が目をほそめていた。その表情に私は、はっとさせられる。母の目に映っているのは、くすんだ灰色の校舎ではない。母は慈しむような声で言った。

「ここに通ってたときはね、たのしかった。友だちとわらってばかりで、おもいもしなかったよ、自分が子どもを産むなんて。それから、離婚することになるなんて」

ここで過ごした時間、過ぎ去った十代の記憶を愛(いと)おしそうにおもいだしている。そういうまなざしだった。

「人生、何が起こるかわからないね」

母はそれほど背丈の高い人ではない。だから私は、自分と同い年くらいの母といっしょに校舎を見ているような気がしてくる。私もいつか母みたいにだれかと結婚して子どもを産むのだろうか。

「あーあ、ごめんね」

母がふと口にする。私に言った？　いや、そうではない。まるでひとりごとみたいな声だった。じゃあそれは、昔の自分にむけた言葉だったのだ。

空は暗くなり、星がまたたきはじめる。空気が澄んでいるせいか、それとも町の光がすくないためか、見える星の数が段違いにおおい。この星空もまた、母について行く際のメリットとなり得るだろう。買い物をしてきたせいで帰宅がおそくなった。冬の夜は早いのだ。

母の運転する軽自動車で祖父母の家にもどると、叔母の車が駐(と)まっていた。母がすこしだけ緊張するのがわかる。家に入ると祖父母と叔母の口論する気配が玄関まで伝わってきた。

「ただいま……」

おそるおそる声を出して母は靴を脱ぐ。しかしそれは祖父母たちに聞こえなかったらしく口論はつづいている。叔母の声がした。

「せっかく来たのに、どうしてもう帰らなきゃならないの」

「たのむよ、おまえがいると話がこじれるかもしれない」

「できるだけ、あんたを果穂ちゃんに見せたくないのよ」

「何よその言い方、むかつく」

祖父母は一刻もはやく叔母を帰したかったのだろう。本当は母と私が帰ってくるよりも前に。

祖父母から背中を押されるようにしながら叔母が廊下に出てくる。そこでようやく三人は、私と母の帰宅に気付いたらしい。私たちは押しだまり、数秒ほど沈黙がはさまれる。最初に口を開いたのは叔母だった。

「もう、帰るから、安心して、姉さん」

叔母は母と私をにらむようにしながら横を通りすぎる。煙草と化粧の臭いを漂わせながら、玄関に置いてあったヒールを履く。

「そう、ばいばい」

母は弱ったような表情で、叔母に声をかけた。叔母の車が出て行くのと同時に、階段をナオトが下りてくる。いつも寝泊まりに使用している二階の一室でずっとゲームをしていたらしい。背伸びとあくびを同時にして弟は言った。

「あいかわらずだったね、叔母さん」

その夜、布団の中で私は叔母のことをかんがえていた。祖父母は彼女について、印象を悪くするマイナス要因だとかんがえている。だから追い返そうとしていたのだ。

叔母に対しては良い記憶がない。というか、彼女は私とナオトにちかづいてこなかったので、どんな思い出も存在しない。「子どもなんて、気持ち悪い」と彼女が話しているのを聞いたことがある。強烈な女性なのだ。今も独身で働いているという。

母は叔母と昔からそりがあわないらしく、始終、喧嘩をしていたそうだ。喧嘩をふっかけられていた、という方が正しいらしいけど。将来的にこの叔母が、私とナオトに迷惑をかけるような存在になっていく可能性はあるだろうか。例えば遺産相続で争いになって私たちに嫌がらせしてくることはないだろうか。

眠れなくてトイレに立つ。ナオトが隣に布団をならべており、彼を起こさないように部屋を出る。

階段を下りて一階のトイレへむかっていると、居間の方から明かりがもれていることに気付いた。まだ深夜零時前だ。だれかが起きているのだろう。気にせず廊下を移動していたら、祖父の声が聞こえてきた。

「借金のことなら、気にしなくていいからな」

「ありがとう、お父さん」

　母の声だった。

　借金？　何のことだろう？

　聞いてはいけないことを耳にしてしまったような気がして、おもわず息を潜めてしまった。気配を覚られないように後ずさりして、二階へもどる。トイレは、朝までがまんした。

3

　翌日、祖父母に見送られながら母の生家を後にする。住みなれた町へむかう電車内で、母とナオトが私の心配をしていた。朝から私の口数がすくないことが気になっているらしい。

　昨晩、耳にした会話のことばかりかんがえてしまう。母に面とむかって聞くには勇気が必要だ。母には借金があったのだろうか。金額はどれくらいだろうか。何につかったお金だろうか。このことを父はしっているのだろうか。祖父の声で「借金のことは気にしなくていい」と聞こえた。それなら問題は解決したものとかんがえていいのだろうか。

窓から入る日差しが、ナオトとおしゃべりしている母を照らしていた。電柱の影が、私とナオトと母の上を、何度も通りすぎる。聞きたいことがあるのに、問う勇気が出てこない。そのうち車窓の風景に建物の占める面積がおおくなり、家の最寄り駅に到着した。

査定とは【取り調べて金額や等級などを決めること】だという。「車を査定する」「土地を査定する」などという使い方が一般的だ。「父母を査定する」と言った場合、父母を物や資産あつかいしているようにおもわれる。だから人前では査定という言葉を使用せず、「父と母どちらについていくべきかを決めるために情報をあつめている」と表現するように気をつけていた。それでも私はある日、責められてしまう。父側の査定について進めていたときだ。

今回の件で父の生家を訪ねる必要性は感じていなかった。離婚後も父の生活の拠点はこの町であり転校することもない。比較的、都会なので進学先の候補もたくさんあった。また、父方の祖父母は地方に住んでおり、それほど親しいつきあいはしておらず、そして私はこの祖父母がすこし苦手なのだ。

「茂樹（しげき）と加代さんの貯金について調べてるって聞いたけど本当？ そんなやり方は良くないよ」

父方の祖母と電話で話したとき、そのようなことを言われた。茂樹というのが父の名前だ。

「でも、心情では決められないんです。だから私とナオトは、条件のいいほうについていきたいんです」

「自分がどちらのほうを、どれだけ愛しているのかも、わからないというのか？」

祖父が電話をかわる。

「親子の情というのはそういうもんなのか？」

彼らには、私がひどく薄情に感じられるのだろう。

しかし父と暮らすことを選んだ場合でも、この祖父母との親戚づきあいはそれほど増えないだろうと予想している。年に一回、もしくは数年に一度、会うかどうかという頻度にちがいない。父が帰省したがらない人だからだ。父の生家の近所に、叔父一家が住んでおり、祖父母のことは彼にまかせているという。そのため、父方の祖父母は苦手だが、査定にとってそこまで大きな要因とはならないはずだ。

では、父の査定においてもっとも注目すべきポイントは何か。それは、収入が安定している点に他ならない。仕事に就いている。やはりそこは大きい。

その仕事が急に失われる危険性はないのだろうか。例えば離婚後、急にリストラに遭って失業するといった事態も想定されるのではないか。私は父の仕事先での立場について、ほとんど何もしらなかった。その話をしてみたところ、「おまえを安心させるために食事会をしたい」と父が提案した。

　十一月の中旬、私は父に連れられてイタリアンレストランにむかった。駅前のビル内にあり、店内はせまいが雰囲気のいいお店だ。隣のテーブルでは二十代くらいのカップルが夕飯にワインを飲んでいる。ちなみに弟はサッカーの試合のために欠席だった。査定に関する全権を私にゆだねて弟は日々を過ごしている。ずるい。だけど私は、彼の健やかな将来のためにがんばらなくてはならないのだ。

　まちあわせの時刻になり、父の同僚が二名、店に入ってきた。入り口で上着をあずけてテーブルにつく。同じフロアで働いている父の後輩だと紹介を受けた。片方は滝(たき)川(がわ)さんと言って、私もお会いしたことのある男性だ。うちに遊びに来たこともある。もう片方は結城(ゆうき)さん。初対面の女性で、雰囲気のいい方だ。

　私はジンジャーエールを、私以外は外国産のビールを注文する。メニューから料理を選ぶ手際のよさから、仕事帰りによくこの店に集まっているんだろうなとわかった。

「じゃあ俺のアピールポイントをそれぞれ発表してもらおうか」

　父が二人に言った。食事会の意図については、滝川さんと結城さんにも伝わっているようだ。

「おまえたちのがんばり次第で、俺が子どもといっしょに住めるかどうかが決まるんだ。いい加減なことを言ったら、わかってるだろうな」

滝川さんがネクタイをゆるめながら、困った顔をする。

「だけど、何を話せばいいんですか。先輩の良い点なんて、あげたらきりがないですよ。だって、いいところだらけじゃないですか。ねえ？」

彼は結城さんに同意を求めるが、彼女は苦笑いして肩をすくめるだけだ。

「父が急に仕事を辞めさせられる可能性ってありますか？」

料理が運ばれてきた頃合いを見て、私は聞いてみる。ちなみに私は父のことを「パパ」と呼んだり「父さん」と呼んだりばらつきがある。今回のように対話の相手が大人の場合は、かしこまって「父」と呼ぶように気をつけていた。

「クビにはならないとおもいますよ。ですよね？」

結城さんが断言して、父に確認をとる。滝川さんと結城さんはそれぞれに、職場にとって父はなくてはならない存在であることを説明してくれた。父の抱えている仕事の重要性や、辞めた場合に生じる問題などを聞く。

「想像したくないけど、急に先輩がいなくなったら、引き継ぎとかどうする？」

滝川さんが結城さんに聞く。結城さんはひきつった表情になる。

「それ、悪夢だよ。しばらく家に帰れないとおもったほうがいいかも」

父は職場でたよりにされているらしい。また、福利厚生のしっかりしている会社であることや、売り上げものびていること、倒産の可能性もほとんどかんがえられないことなどが強調される。

パスタやピザの味を堪能し、お腹が満たされていく。結城さんが私を見て言った。

「果穂ちゃんが、お父さんとの暮らしで考慮すべき点は、料理、洗濯、掃除だとおもうよ」

「私もおなじことをかんがえました。父は料理をしないから」

「一人暮らしをしていたころは自炊してたんだぞ」

父が張り合うように言った。すると滝川さんが口を開く。

「大丈夫ですよ。僕とちがって、先輩ならすぐにあたらしい奥さんを見つけられるでしょうし、やってもらったらいいじゃないですか。ねえ、そうおもうでしょう？」

ほんの一瞬、場の空気が緊張をはらんだ。だけど彼は気にせずに料理を食べてうなずく。

「ほんと、おいしいですね、ここのパスタ！」

それまでかんがえなかったわけではない。父の再婚の可能性を。父はまだ三十代後半で、顔も比較的、整っている。すぐにというわけではないだろうが、将来的に父がだれかと再婚することはあり得る。その場合、父を選んだ私とナオトは、再婚相手と暮らすことになるだろう。相手に連れ子がいたら、さらに事情は複雑だ。

　しかし同時に次のようにおもうのだ。今この段階で、未来の再婚相手について情報を得ることは難しい。かんがえるべきではない。なぜなら、この問題は、父だけでなく、母にもあり得ることだからだ。

　デザートの時間になり、最近見た映画の感想、音楽の好みなどについて話す。それから世間話だ。結城さんは先月、ストーカー被害にあっていたらしい。

「部屋のカーテンを開けたら、いたんです。私が顔を見せた瞬間、ぱっと身をひそめたんです。郵便ポストのむこうに」

「顔は？　見た？」

　滝川さんが聞くと、彼女は首を横にふった。

「こういうとき、都会の一人暮らしがこわくなります」

「結城さんは、何歳のときに家を出たんですか？」

　私は気になって質問する。

「高校までは地方に住んでてね。大学がきっかけでこっちに出てきたから、十八歳だったかな」

「一人暮らしを決めたとき、お父さんとお母さんをのこして、遠くに行ってしまうことへの罪悪感のようなものはありましたか？」

「そこまでオーバーなことは……。まあでも、すこしはあったかもしれない」

私もまた、ナオトと二人だけで暮らせるような生活面での保証があれば、それを選んでいたかもしれない。それなら父母を査定なんかしなかった。どちらが自分と弟の人生に有益か、などとかんがえなくともよかっただろう。

そして食事会は終了する。後輩二名の分も父がカードで支払う。外へ出る間際、店にあずけていた上着を受け取った。結城さんがコートの袖に腕を通すとき、胸元のブローチに気付いた。とあるブランドの、華奢な女性に合う、上品な形のブローチで、私はそれを以前にもどこかで見たことがあるような気がした。

二人と別れて父といっしょにタクシーに乗る。自宅へむかう車内から、暗くなった町を見て、ふと、ブローチの正体におもいあたる。


一年ほど前の休日のことだ。友だちといっしょに私は数駅離れた街へと遊びに出かけた。デパートをあるいていたら、偶然に父らしい背中を見かけて、こっそりと後をつけたのだ。

父は、とあるブランドのアクセサリー売り場で立ち止まり、熱心に何かを見ていた。店員に話しかけて、ブローチらしきものを買ってプレゼント包装してもらっていた。母へのプレゼントだろうか。何となくはずかしくてその場は声をかけなかったが、父が立ち去った後、アクセサリー売り場に近づいて、父の買ったものを確認した。

しかしその後、母がそれらしきものを身につけている場面を見なかった。あのプレゼントはどこに行ってしまったのだろうか？　疑問におもっているうちに時が経ち、そのことは記憶からうすれていたようである。


タクシーの車内で私は父の横顔を見る。街灯のそばを通ると、光が差し、父の顔を明るいところと暗い影の部分とに塗り分けた。

父の買ったブローチと同じものを結城さんが身につけていた。偶然でなければ、それの意味するものは明らかだ。結城さんがもしかしたら、再婚相手になる？　私とナオトが父を選んだ場合、彼女が新しい母親になる？　それなら彼女についても査定をすべきだろうか？　それとも、かんがえすぎだろうか……。

4

食事会の翌週、私は結城さんの自宅へと足を運んだ。住所は父の書斎にあった住所録から割り出した。書斎に入ることも、住所録をのぞくことも、父に許可を得ていない独断の行動である。こういうやり方はどうかとおもったが、他にどうすべきかわからなかった。父あての年賀状に住所が書いてあるかもしれないと期待し、正月に届いていた分をしらべてみたが、彼女からの年賀状は見当たらなかった。はじめから届いていなかったのか、父が彼女からの年賀状だけを抜き取って隠したのかは不明だ。

彼女の住まいは、丘の上にあるマンションの二階だった。窓の位置を外から確認し、ストーカーがいたとされる場所を探した。

イタリアンレストランで聞いたストーカーの話が私は気になっていた。彼女の話によれば、部屋のカーテンを開けたとき、郵便ポスト越しに人影が見えていたらしい。この辺りだろうか。見当をつけて、彼女が言っていたように、郵便ポストの背後に身を潜ませてみる。せまい空間だった。電柱とガードレールの隙間に、おしりがきゅっとはさまった。

念のためそこからスマートフォンで彼女の部屋の窓を撮影する。どんな構図が撮れるのかをチェックしたかった。休日なので会社は休みだ。彼女は部屋にいるとおもわれたが、しばらく待ってみてもカーテンの開く様子がなかったので、私はあきらめてその場をはなれた。

自宅へもどる前に、駅前でナオトと合流する。家では話しにくいことがあるからと呼び出しておいたのだ。ファーストフード店で、むかいあわせにすわる。サッカー帰りの彼はおなかをすかせていたのか、ハンバーガーを一瞬でたいらげた。

「それで、どっちにするか決めた？」

ナオトがコーラを飲みながら聞いた。

「まだ迷ってる。だけど、ママの方にしようかな。ママと暮らしたほうがいいような気がするんだ」

「ふうん。なんで？」

ナオトにはまだ、父が浮気している可能性についておしえていなかった。彼は口が軽い。家族で食卓を囲んでいるときに、その話題を持ち出されたら地獄だ。だまっていたほうがいいだろう。

「おじいちゃんとおばあちゃんも、私たちといっしょに暮らすのを望んでるみたいだし」

話をしながら頭の片隅で結城さんのことをかんがえる。父と彼女が再婚するとしたら、そこに私とナオトが居てもいいのだろうか？　母方の祖父母のように私たちとの同居を望んでくれるだろうか？　しかしまあ、現状ではなんとも言えないな。父と彼女の関係は確証がないし、そうだとしても結婚なんて視野に入れてないつきあいなのかもしれないし。

今回の離婚を切り出したのが、父だったというのなら、彼女との再婚を望んでいるために別れようとしていると推測もできる。しかし実際のところ、離婚を切り出したのは、母だったのだ。

父は浮気をしているのか？　していないのか？　母の借金の件と同様、これもまた、直接的には問いただしにくい案件だ。私にもナオトのような、空気を読まずに発言できるようなデリカシーの無さがあればいいのに。無さがあればいい、というのもおかしな表現だけど。

「まあ、姉ちゃんが決めたのなら、僕はそれにしたがうよ」

ナオトは迷いのない顔をしている。

「これ、食べる？」

私はハンバーガーを彼に差し出した。

「うん、食う！」

さっそく口に入れる彼に、私は言った。

「ママと暮らす場合、私は一年とすこしで家を出て行くかもしれない。そのときは、私とナオトも離ればなれだ」

ナオトの口のうごきが止まった。

「進学先についてしらべてたんだけど、あの地域から行ける高校って限られてるんだよ。でも、全寮制の高校に入るのもいいかなって、最近、ちょっとかんがえてるんだ」

「マジかよ、さみしくなるな……」

私に全寮制の高校をすすめてきたのは友人だった。「いっしょにここに入学すればいいじゃん！」と言いながら、ある日、学校でパンフレットを見せられたのだ。なるほど、と私はかんがえた。中学卒業後になるけれど、そういう選択肢もあるのか。

それに、今回の一件で感じたのだが、ナオトは私に頼りすぎているところがある。すこしさみしいが、そういうところに進学して、私との間に一定の距離があった方が、彼の精神的な自立へとつながるのではないか。

「小説とか、漫画の舞台で、全寮制の学校って出てくるでしょう？　すこし憧れてたんだよね、ああいうの」

マジかよー、とナオトがくり返し言う。私はできるだけ明るい声で将来のビジョンを話す。私たち姉弟は、よく喧嘩をする両親を見ながら暮らしていた。そのせいだろうか。私は彼に対して過保護気味だし、彼は私に身をゆだねすぎているところがある。両親が口論する度に生じる不安を、私たちはそれぞれの存在に寄り添うことで打ち消していたのかもしれない。母の生家で暮らすようになれば、きっと祖父母や母が温かい関係性を彼におしえてくれるだろう。あるいはそれこそが、母の生家での暮らしに心がかたむいている理由なのかもしれない。

ちいさなころ、夜泣きをしていた弟の背中をさすってあげた。そのころをおもいだして涙ぐみそうになる。この決断ができたことを、私は、ほこらしくおもう。

「……まあ、はっきりと決めたわけじゃないけどね」

「なんだよ。ひっくり返ることもあるのかよ」

「そりゃあね」

そうだ、泣くのはまだはやい。確定したわけではないのだ。私は母に聞かなくてはならないことがある。その回答次第では、どうなるかわからない。母に愛想をつかして決別することもありうるのだから。


十一月の最終週、寒い日がつづいた。母が買い物に出かけるというので、ついていくことにする。車の助手席に乗り、商店街へと移動した。すでにクリスマス商戦がスタートしており、店のディスプレイにサンタやトナカイの人形が並んでいた。

母はまずクリーニング店で、厚手のコートを引き取った。

「ずっと前に仕上がっていたのに放置していたの。いつか取りにこなくちゃって、おもってた」

白色の汚れが消えているのを確認して母が私に言った。そのコートがクリーニングに出された日のことはよくおぼえている。十一月に入ってすぐの頃で、私も同行していたから、どんな風に汚れが付着していたのかも見ている。おしりのあたりに粉のようなものがついていたのだ。そもそも、冬の本番に着るような厚手のコートを、冬がはじまる頃にクリーニングに出すというのが不自然な気がして記憶にのこっていた。

　昔からある喫茶店ですこしだけ休んでいくことにする。店内にはクリスマス関連の曲がジャズ音楽風にアレンジされて流れていた。すこしうす暗くて、オレンジ色の照明が私たちのテーブルを照らしていた。私は紅茶を、母は珈琲を注文する。白色のミルクを落とすと、母のカップの中で珈琲の色が変化した。

「ママ、ちょっと聞いてもいい？」

「なあに？」

「……借金のことだけど」

　カップを持ち上げて口をつけようとしていた母のうごきが止まる。私は祖父母の家で夜中に聞こえてきた会話のことを説明した。私がしっている情報と言えば、ほんの一言か二言くらいの言葉の断片である。私のかんがえすぎで、誤解だという可能性もあった。しかし母はため息をついて肯定する。

「隠しておきたかったんだけどなあ」

「なんで？　いくら？　パパもしってること？」

「落ちついて。パパには言ってないよ。恥ずかしいから。ああ、もう、気まずいなあ」

　母は頭を抱える。そして、借金を抱えるにいたった理由とその金額についておしえてくれた。発端は数年前、中学時代から仲の良かった親友が母を頼ってきたことだ。その人は夫婦で飲食店を営んでいたらしいが、資金繰りの悪化により、急遽、お金が必要になったという。情の厚い母は親友を信じて連帯保証人になってしまったが、その後、親友は行方をくらまして借金を肩代わりすることになったそうだ。

「一番の親友だった。果穂、あなたが生まれたときも、まっさきに顔を見に来てくれたし、つらいときもたのしいときも、ずっといっしょにいてくれた。だから、大丈夫だとおもっちゃったのよね……」

　中学時代の親友と聞いて、私は自分の友人のことをおもいだす。彼女が自分を頼ってきたら、裏切るなどとはおもいもしないだろう。だけど母は裏切られてしまったのだ。父に相談できず、母は実家を頼った。祖父母は怒りながらも、貯金を切り崩して今年の夏に一括返済したという。

「おじいちゃんとおばあちゃんの貯金で？」

「妹のためにこっそり貯めていた結婚資金をね」

「叔母さんの？　それを全部、使っちゃったの？」

「あの子には内緒にしといて。自分がもらえるはずだったお金を使われたわけだから。あの子、自分のために親がそういう貯金をしていたこともしらないはずよ」

叔母さんがいつまでも結婚する様子がないため、そのまま口座にのこされていた貯金は、この一件ですっかり消えてしまったそうだ。その話を聞いて、私の中でいくつかの出来事がつながった。

紅茶を飲むと、渋い味がする。白色の砂糖をスプーンでさらさらと流しこんだ。今日、ここに来るまでの間、私は緊張していたのだが、今はすこしだけ気が楽になっている。

「それが、夏頃のこと……」

そして、母が離婚のことを切り出したのが十月末。

夏に返済された借金と、今回の離婚は、無関係だろうか？　いや、おそらくそうではない。

秋頃に母は、父の身辺調査をして証拠集めをしていた気配がある。結城さんの部屋を見ていたストーカーの正体は、たぶん母だ。

結城さんがイタリアンレストランで話していたストーカーの描写をおもいだしながら、同じ位置で身を隠すと、ガードレールと電柱の間にきゅっとはさまれるような恰好になった。結果、私の上着は、ガードレールに触れていた箇所に、白色の粉末状の汚れを付着させていた。ネットでしらべたところ、それは塗料の白亜化、あるいはチョーキング現象と呼ばれる化学変化によって生じた粉末らしい。表面の塗料が、紫外線、熱、風などによって劣化し、表層部分がチョークのような粉状になって消耗するという現象だ。私のコートの汚れは、母が一ヶ月前にクリーニング店に預けたコートの汚れと酷似していた。

どうして母が結城さんの部屋が見える位置に立っていたのか？　父をとられたことに対して恨んでいた？　憎かったからストーカーまがいのことをしていた？　私は、別の動機があったとかんがえている。

「離婚した後、パパを不幸にしたい？」

私は聞いた。

「……いいえ。でも、不幸にするかもしれない」

「結城さんもいっしょに？」

母は、おどろいた顔をする。

「パパの職場の人だよね。偶然、気付いた。ママは？」

「すこし前に、出張が嘘だったことをしって、それで……」

「こんなことを言うのは変かもしれないけど、私、パパにも、結城さんにも、不幸になってほしくない」

「もうおそいよ。だって、はじめちゃったんだから」

「おそくない。ママがはじめたのは、家族を終わらせること。今なら円満な離婚をむかえられるとおもう。だけどこれ以上のことをするなら、不幸になる人が出る。一番、不幸になるのは、ママかもしれない」

母は結城さんの部屋の見える位置で、父の裏切りの証拠を記録しようとしたのではないか。婚姻関係の破綻に不貞が関わっていることを証明できれば、慰謝料の請求ができると聞いたことがある。父と、その浮気相手、双方から一定の金額が得られるのだ。興信所に依頼できなかったのは金銭的な事情からだろう。しかたなく自分一人で証拠集めをしなくてはならなかったのだ。

私は母の手に、自分の手を重ねる。すっかり冷たくなっていた母の指をあたためてあげる。

「私がパパに、ちょっと文句を言ってあげる。資産の分割を有利にしてもらおう。それくらいで済ませておこうよ。叔母さんの結婚資金は、すこしずつ返済していくのでいいんじゃない?」

夏頃に解決したはずの借金問題だが、母の中ではまだ終わっていない。妹の結婚資金になるはずだったものを、消えたままにはしておけなかったのだ。険悪とはいえ、母にとってはあの叔母も、たった一人の大切な妹なのだ。母はなんとかして大金を返すため、自分にできることを探した。そして、ある方法をおもいついた。父と浮気相手の双方から慰謝料を受け取ること。自分が長年にわたって維持しつづけた夫婦関係を犠牲にすることでようやく可能となる、母ができる唯一の返済方法がそれだったのだ。

父のところで暮らす未来も私にはあった。自分が料理をして父の帰宅を待ち、父の服を洗濯したり、遠くに住む母に電話をしたりする様を想像したものだ。父が再婚することになれば、新しい母親とぎこちなく会話して、つながりをつくっていく未来。だけど私は、その道を選ばなかった。

「私とナオトは、ママについて行くことにするよ」

十二月に入り、父と二人だけで話をする機会があった。書斎の窓から雪のちらつく庭が見えた。オイルヒーターのおかげで室内は暖かい。父は目を閉じて、眉間に皺をよせていた。

「よくかんがえてのことなのか？」

「うん。散々、迷ったけど、自分で決めたの。だれかに強要されたわけじゃなく」

だからこそ、父を切り捨てるような結果に、重いものが生じる。両者を比較し、自分の責任でどちらかを選ぶというのは、どちらかを捨てるという意味だ。

「理由は？」

「いろいろあるけど、結城さんのことかな」

私はブローチの話をする。イタリアンレストランで彼女がつけていたブローチは、やはり父がプレゼントしたものだったようだ。苦虫をかみつぶしたような父の表情を見て覚る。

「ママも気付いてるよ。だから離婚する前に、ちゃんと謝ってね。それから、ママに有利な条件で資産を分割すること。これから一番、大変なのはママなんだから」

シングルマザーとして二人の子どもを育てるのだ。中学校舎を見つめている母の横顔をおもいだして胸がつまるような気持ちになる。父に対して、泣きながら怒る権利が、母と私とナオトにはあるんじゃないだろうか。だけどそうならないのは、不貞行為が行われるより以前から、父母の関係がすでに破綻しかけていたと察せられるからだ。

母が慰謝料を請求するためには、父の不貞行為によって婚姻関係が破綻した、という点を強調しなければならない。以前から仲が悪かった、などという印象があると計画の邪魔となる。それを回避するための準備も母はおこなっていたようだ。後に母から聞いた話だが、離婚の話をはじめて父に切り出す前に、夫婦仲の良さをアピールする写真を母は撮っていたらしい。私の十四回目の誕生日に撮影された夫婦のツーショットがそれだ。

「すまない、ほんとうに……」

父は最後に、うなだれた。私とナオトのいないところで、父は母に謝罪したらしい。

正式な離婚は年明けに行うことが決まった。十二月中はまだ家族だ。奇妙なことだけど、以前とおなじように私たちは暮らした。朝、目が覚めてリビングに行くと、父と母がすでにいる。父は会社へむかう用意をすませ、母は朝食の支度をしている。ナオトがいつまでも起きてこないので、私が部屋の扉をたたいて呼びかける。そういういつもの日常が、なぜか続いた。

クリスマスの日、母がホールのケーキを切り分けた。父の皿に載せ、私とナオトの皿に載せ、自分の皿に載せる。だれも何も言わなかった。粛々と何かの儀式のように、私たちはケーキを食べた。家族がそろってクリスマスの夜を過ごすのは、これが最後なのだと気付いている。だから私は、大事に一口ずつ味わって食べることにした。

「ごめんなさい……」

母が言った。すこし泣いているのか、目が赤い。その言葉の意味がわかったのは、たぶん私だけだ。自責の念を感じているのだろう。母の罪を私はだれにも話していない。父にさえも。

「大丈夫よ、ママ」

私は母を責めなかった。沈みかけの船だったものを、意図的に沈ませたのにすぎない。

「形が変わっただけだよ。私たちはずっと変わらないよ」

乾いたかなしみがある。ひとつの家族が、こうして終わっていくのだ。

引っ越しのために荷物をまとめていると、私と弟が生まれる以前の、幸福だったころの写真が何枚も出てくる。結婚する前の父母の写真を私は見つめた。以前はただ二人のことを、父親と母親という存在でしか認識していなかった気がする。だけど今は自分と対等な一個人として感じられていた。父母にもそれぞれの人生がある。私にも人生があり、もちろん、ナオトにもこれから自分だけの人生がある。それがほんの一時期だけ、寄り集まっていただけなのだ。私たちはそれぞれの航路を行く心許(こころもと)ない旅人のようなものだ。いつも、たぶんこれからも、私には同じ船に乗り合わせた彼らに対しての、ゆるぎない愛があるだろう。

置き去り

松村比呂美

松村比呂美（まつむら・ひろみ）

福岡県生れ。２００５年『女たちの殺意』でデビュー。著書に、『幸せのかたち』『恨み忘れじ』『鈍色の家』『終わらせ人』『キリコはお金持ちになりたいの』などがある。

1

バスを降りると、まとわりつくような湿気を感じた。

強烈な日差しは南国そのものだが、からりとした暑さではなく、空気に水分がたっぷり含まれている。

私は、急いで日よけの帽子をかぶり、首に巻いていた綿のストールを口元まで引っ張り上げた。

「これから二時間、細い道が続きます。バスが駐車できるスペースがないので、休憩もありません。必ずトイレをすませてください」

甲高い声の添乗員に促(うなが)され、座席に残っていたツアー客たちも、全員、バスからおろされた。

ここからバスで二時間進むと、ジャングルの入口の船着場があるという。

このツアーに参加しているのは、手つかずの自然が好きな人たちなのだろう。私と同じように、野生動物に興味があるのかもしれない。私は野生動物を特集しているテレビ番組が好きで、いつかこの目で見たいと思い続けてきた。

口元をストールで覆ったまま、女性をかたどったマークのあるほうに進み、鎧戸が閉まっている小さな建物の裏手に回る。

トタンで囲まれた二つのドアの前には、すでに長い列ができていた。

このままバスに戻ろうかと思ったが、添乗員の言葉を思い出し、右の列の一番うしろに並んだ。

昨夜、顔合わせをしたばかりなので、ツアー参加者の名前はもちろん、顔も覚えていない。国際空港のロビーに集まったのは、見事にカップルばかりで、ひとりで参加したのは私だけだった。

ジャングルトレッキング・秘境探検と銘打ったツアーには、女性同士では参加しないのかもしれない。年齢も、四十代の私が上のほうに見えた。

列がどんどん短くなり、前に並んでいた人がトイレの中に入ったとき、お腹が少し痛くなってきた。ギュルルと、妙な音までしている。朝食で飲んだオレンジジュースのせいだろうか。グラスに残った氷が濁っていたので、気にはなっていた。オレンジジュース自体に問題がなくても、氷はミネラルウォーターで作られているとは限らない。

現地の水は飲まないようにと言われていたのに迂闊だった。

お腹に力を入れて我慢していると、左の列の最後尾に並んでいた女性がトイレに入り、素早く出てきた。ほっとして、空いた左のトイレに入る。

ジャングルの中には、穴が掘られているだけのトイレもあると聞いていたので覚悟をしていたが、よくある洋式の便器が設置されていた。水洗のようで、天井にタンクがあり、紐を引っ張って水を流すようになっていた。

持参した除菌シートで便座を拭いてから用をたすと、お腹の痛みもすうっと消えた。添乗員の言うことを聞いて正解だった。バスに戻ってから、ミネラルウォーターで整腸剤を飲めば大丈夫だろう。

大丈夫でないと困る。次にトイレに行けるのは二時間後なのだから……。

トタンで囲まれたトイレの横にも、大きなタンクが設置されており、蛇口をひねると、ちゃんと水が出た。

手を洗い、バスが停まっている場所に急いだ。こんな、何もない所に置いていかれたらたまらない。

ハンカチをポシェットにしまいながら、鎧戸の閉まった建物を回って表に出る。

「うそ……」

思わず声が出た。

そこに停まっているはずのツアーバスの姿がなかった。

道路に走り出たが、車は一台も走っていない。

まさか、人数を確認せずに出発したというのか。

添乗員の最低限の責任ではないか。

しかも、日本から同行した添乗員と、現地ガイドとふたりもいるというのに……。

私の席は、バスの一番うしろだったけれど、着替えやミネラルウォーター、薬などが入ったリュックサックも座席に置いてある。戻っていない参加者がいることはすぐにわかるはずだ。

いや、私の前の席に座っていたカップルは、ふたりの世界に入って、後ろに私がいることなど気にも留めていなかった気がする。

前の休憩場所から出発するとき、添乗員が、「お連れのかたはいますか?」と声をかけていた。みんな一斉に「はーい」と返事をしたので、私も返事をしたが、私がいないときは、誰が「まだ戻っていません」と言ってくれるのだ。

トイレで、私の前に並んでいた女性は、何も言ってくれなかったのだろうか。

私が左のドアに入ったので、自分が出たときに誰もいなくて、焦ってバスに戻ったのかもしれない。

「遅くなりました」と言いつつ彼女がバスに乗り込んで、添乗員は、「皆さん、お揃いですか？　お連れのかたはいますか」とか言って、みんなで「はーい」と返事をして……。

今考えなければならないのはこんなことではないはずなのに、バスの中の映像ばかりがリアルに浮かんでくる。

深呼吸して、斜めがけしているポシェットの中身を確認した。

財布とハンカチ、ポケットティッシュ、除菌シートしか入っていない。まさに、トイレ休憩用のものばかりだ。

携帯電話は、カメラと一緒にリュックサックの中に入れている。

海外での使い放題の契約をしていないので、万一の場合だけ電源を入れて電話をすればいいと思っていたのだ。

今が、その、万一のときだというのに……。

今日の行程表も、添乗員に教えてもらった携帯電話の番号を書いたメモも、すべてリュックの表ポケットに入れたままだ。

——お前は何をやってもだめだな。

いつも夫に言われている言葉が頭をよぎった。

確かに、危機管理能力が低すぎる。

自分の頬を両手で叩いて、改めて周りを見まわした。

鎧戸が閉まっている建物は、駅のキオスクくらいの大きさだ。土産物店か何かだったのだろうか。ここが開いていたら、と思わずにはいられない。

ジャングルの入口までの道は狭いと言っていたが、ここまではどうだっただろうか。

到着した昨夜は興奮してなかなか寝付けず、今日は、バスに乗った途端、揺れに身をまかせて眠り込んでしまった。どんな状態だったのかはわからないが、すれ違う車もあったはずだ。

車内の「おおっ」という声で目を覚まして窓の外を見ると、片側は急な崖になっており、赤い車が落ちているのが目に入った。起きたばかりの事故ではないのだろうが、現地ガイドの「この崖は、よく車が落ちるんですよ」という言葉がこわかった。

それから十分ほど走って、トイレ休憩のためにここに立ち寄ったのだ。

今頃、添乗員も現地ガイドも、私がいないことに気付いて慌てているに違いない。

でも、駐車するスペースさえない狭い道路で、引き返したくても引き返せないのだろう。

添乗員は、あとからくるほかのツアー会社に連絡して、私をピックアップするように頼んでいるに違いない。同じようなジャングルトレッキングツアーを、他の旅行会社も企画していた。すぐに次のツアーバスがくるはずだ。

　道に迷ったらその場を動かない。迷ったわけではないけれど、はぐれたときも、これが鉄則だったと思う。

　ここにいたら大丈夫。トイレだってあるし、水もある。

　一瞬、そう思ったが、オレンジジュースに入っていた氷でさえお腹にきたのだ。いつ入れたかわからないタンクの水など飲めるはずがなかった。

　できるだけ喉が渇かないようにするために、日陰を探して、建物の裏手に回った。ここからだと道路は見えないが、砂利道だから、車が近づいたら音でわかるだろう。でも、早いスピードで通り過ぎたら、と思うと不安だった。

　帽子があるのだから、道路から見える場所で待っていよう。綿のストールも、紫外線をカットする効果の高いものだ。ジャングルトレッキングでは、ヒルよけのソックスはもちろんだが、首にもタオルを巻いてヒルが入ってくるのを防いだほうがいいとガイドブックに書かれていたので、タオルのかわりに持ってきたのだ。バスの中では冷房対策にもなっていた。

　腕時計を見る。午前十一時だ。

　二時間後には、船着場のレストランで遅い昼食を摂る予定だったと思う。そこがビュッフェ方式で、人数の確認をしなかったとしても、ジャングルに向かう船に乗るときには、乗船券も必要だろうし、さすがに私がいないことに気付くだろう。

動かずにその場にじっとして二十分が過ぎた。

ジャングルに向かう細い道とはいえ、これほど車が通らないとは思わなかった。

ツアーバスは、私たちが参加したものが最後だったのだろうか。

力が抜けて、その場にへたり込む。

地面が熱い。

——自分探しの旅のつもりか。笑わせるな。ひとりで行くならまだしも、添乗員付きのツアーに参加して何が見つかるんだ。どうしても行くなら、帰ってこなくていいぞ。

旅行の準備をしていた私に、夫が投げつけた言葉だ。

夫は、旅行は疲れるだけだから行きたくない、外食もしたくない、温泉より家の風呂のほうがいい、という人だから、五日間も家事をせずに、海外のジャングルツアーに参加しようという私が許せないようだった。

立ち上がってジーンズについた泥を掃う。

思い出してしまった夫の言葉も、泥と一緒に掃い落とした。

夫の反対を押し切って行動するのは、今回の旅行が初めてだった。

夫はお金にシビアな人で、祝儀や不祝儀を包むのがいやだという理由で、親戚付き合いもやめたほどだ。

十五年使っている冷蔵庫も、霜がついて冷えが悪くなっているのに、まだ十分使えると言って買い替えに反対する。最近の冷蔵庫は省エネ設計で、電気代の差額を考えたら新しくしたほうが得だと説得してもだめだった。洗濯機も掃除機も、古いものを、だましだまし使っている。

とにかく夫は、まとまった額のお金を出したくないのだ。母親にすすめられて、結婚と同時に分不相応なマンションを買ったせいもあるのだろうが、たぶん、もともとそういう性分なのだろう。

お見合いで結婚した私は、都内の新築マンションで結婚生活が始まったので、ほかのことは辛抱しなければならないと思い込んでしまった。

ひとり息子にもずいぶん我慢をさせたと思う。家族旅行どころか、日帰りで行ける東京ディズニーランドにさえ連れて行ったことがない。

息子は、遠征費用がかかるからと、高校二年のときに部活の野球部をやめてしまい、それからはアルバイトをして自分の小遣いにしてきた。

そんな息子も、今年、地元ではなく、他県の企業に就職した。これからは、いやでも夫とふたりだけの生活が続くのだ。

　息子が小学校に上がって以来、住宅ローンの繰り上げ返済や息子の教育費のためにパート勤務を続けてきたが、夫の扶養からはずれたことは一度もなかった。

夫から、お前の保険料まで俺が払っているようなものだから、国民年金が出たら全額家計に入れるようにと、二十年も先のことを言われたときにはぞっとした。

　このままではいけない、夫の扶養からはずれ、社会保険が充実した会社にフルタイムで勤めよう。国民年金や厚生年金、健康保険料も自分で払いたいし、できたら人の役に立てる仕事に就きたい。

　そう思って、パート勤務していた会社を辞めたら、長年勤めていたということで、思いがけず慰労金が出た。

　そのお金を使って、いつか行きたいと思い続けていたジャングルトレッキングツアーに参加することにしたのだ。

　どんなに反対されても、これだけは行くのだと、頑として言い張った。

　置き去りにされたことを知ったら、夫は、それ見たことかと溜飲を下げるだろう。

　俺の言うことを聞かなかった罰が当たったのだと言うかもしれない。

　自分でさえ、そうなのだろうかと、ちらりと思ってしまった。念願だった旅で、こんな目に遭うのだから……。

　いや、ジャングルの中でひとり取り残されたわけではない。添乗員だって探してくれるはずだ。最悪、夜まで誰もこなかったら、トイレに入って鍵をしめればいい。トイレの中だったら、雨が降っても濡れずにすむし、便座に腰かけることもできる。

覚悟を決めたとき、白い軽トラックが近づいてきた。

道路に走り出て、思い切り手を振る。

私に気付いた軽トラックは、ガタガタと音をさせながら、目の前で止まった。

運転している男性は、現地の人らしく、日に焼けて浅黒い肌をしていた。

身振り手振りで、バスに置いて行かれたことを伝える。携帯電話を貸してほしいと英語で言ったが、彼は、持っていないと首を横に振った。

ツアーバスという言葉を繰り返すと、男性は、オッケー、乗れというジャスチャーをした。

軽トラックのほうが小回りがききそうだ。今ならバスに追いつくかもしれない。

Tシャツと半ズボン姿の三十代に見える男性は、笑うと目尻に深い皺ができて、人がよさそうに見えた。

私が助手席に乗ってシートベルトをするのを確認すると、男性は、アクセルを強く踏み込んだ。

どの程度、私の英語が通じているのかはわからないが、心配ない、問題ない、と言って、ハンドルを持ったまま、何度も左手を振った。

名前もディンと教えてくれた。私も響子と名乗る。

スピードが出ているので、すぐにバスに追いつき、みんなと一緒にジャングルツアーに参加できる気がしてきた。

それができたら、すべてが笑い話になる。

旅にアクシデントはつきものだし、そのほうが思い出になるのだから。旅慣れた人は、みんなそう言っている。

砂利道が続き、軽トラックはかなり揺れた。

私の英語力が貧弱なせいか、ディンとの会話は続かなかった。

私は、ディンにお礼を渡すために、ポシェットを肩からはずした。

日本円にして一万円くらいでいいだろうか。

ポシェットに財布を入れておいてよかった。

赤いふたつ折りの財布を取りだすと、ディンの体がビクンと動いたのがわかった。

顔を見ると、眉間に皺を寄せている。

お金を渡すのは、この国では失礼に当たるのだろうか。現地の風習や考え方がよくわからない。日本人は、現金でお礼をすることをいやがる人もいるけれど、海外では、それが最も気持ちが伝わる方法だと思っていた。

財布をポシェットにしまうと、ディンがブレーキを強く踏んだ。

シートベルトがゆるかったのか、体が前につんのめって、もう少しでフロントガラスに頭をぶつけるところだった。

体勢を立てなおすと、ディンは、自分のシートベルトをはずし、私のシートベルトにも手をかけてはずした。

ゆるいシートベルトを調整してくれるつもりだろうか。

ディンは車から降りると、助手席のほうに回ってドアを開け、降りろと言って、私の腕を強く引っ張った。

バランスを崩して、砂利道に倒れ込む。

「なに？」

訳がわからず、ディンの顔を見上げる。

ディンは、怖い顔をしたまま、私のポシェットを取り上げると、助手席のドアを閉め、運転席に戻ってそのまま走り去った。

何が起きたのか、とっさにはわからなかった。

遠ざかっていく軽トラックをぼうっと眺めていた。

目は、ナンバープレートにも行ったが、泥で汚れており、9という数字がひとつ見えただけだった。

ディンは、最初からこうするつもりだったのだろうか。

それとも、私が財布を取り出して、またしまったからだろうか。ジャングルの中でひとり取り残されたわけではないと、さっき思ったばかりだけれど、似たような状況になってしまった。

携帯電話をポシェットに入れておけば……。

財布をポシェットから取り出さなければ……。

後悔ばかりが押し寄せてくる。

うなだれると、綿のストールが首から落ちた。

これで、首を絞められなかっただけよかったと思おう。

立ち上がろうとしたが、足がもつれて再び砂利道に倒れた。

自分が震えていることに初めて気がついた。足だけではない、手も小刻みに揺れている。恐怖で喉もカラカラだ。

ひったくりが多いから気をつけてと言われていたのに、財布を出すときは慎重に、とも言われていたはずなのに、思ってもみなかった状況に置かれて、すべてが飛んでしまっていた。ディンが救世主にしか見えなかったのだ。

軽トラックに乗って、どのくらい走っただろうか。

腕時計を見ると、午前十一時四十分だった。

すべてを取られたわけではなかった。私にはまだ時計も残っている。

独身の頃から使っていた時計が壊れたので、パート代をこっそり貯めて、日本製の、ロングセラーの腕時計に買い替えたばかりだ。

時計のお陰で、軽トラックで走ったのは二十分くらいだとわかったが、メーターが見えなかったので、走った距離がどのくらいなのか見当もつかない。十キロなのか、二十キロなのか……。

元の場所に歩いて戻るには、何時間くらいかかるのだろうか。

脱水症状を起こすのではないかという不安がよぎる。

――どうしても行くなら、帰ってこなくていいぞ。

夫の言葉がまた蘇(よみがえ)った。

砂利道の両側は深い森になっている。

ガサッと枝が揺れる音がした。

何かが森の中にいるのか。

あれだけ会いたいと思っていた動物たちだが、今は出てきてほしくない。

頬を伝う涙をストールでぬぐい、私はなんとか立ち上がった。

2

土産物店の棚には、自然な色合いの翡翠（ひすい）のブレスレットが並んでいた。

安価なのに、ジュエリーショップで売られているようなお洒落なデザインだ。

ブレスレットの隣には、錫（すず）で作られた動物のマスコットが置かれている。錫の持つ特性なのか、金属なのに冷たい感じがしなかった。

二十代最後の記念旅行なのだから、自分用にたくさん買って帰ろう。

本当は、会社の同僚の亜香里（あかり）にもお土産を買うつもりだったが、旅行前に気まずくなったままなので、手に取っていた二つ目のブレスレットは棚に戻した。

職場のランチタイムのときに、箸（はし）の持ち方を注意したら、逆ギレされたのだ。

亜香里と向き合って弁当を食べていたときのことだ。

「ずっと思ってたけど、亜香里って、箸の持ち方が変だよね」

箸の下のほうを持つのはみっともないと思って亜香里に注意をしたのだが、彼女は、むっとした顔をして箸を置いた。

「遥香（はるか）って、けなすときは、『ずっと思ってた』って言うよね。それで、褒（ほ）めるときは、『初めて思った』って言うの」

亜香里は、半分残したまま、弁当の蓋(ふた)をしめた。

「なにそれ?」

わたしは因縁(いんねん)をつけられた気分になりながらも、黙って弁当を食べ続けた。

「昨日、『その服いいね。亜香里のこと、初めてセンスがいいと思った』って言ったじゃない」

亜香里はわたしを睨(にら)んでいる。

そういえばそんなことを言ったかもしれない。

亜香里にしてはセンスのいいシャープなデザインの服を着ていたから褒めたのだ。

「褒めて怒られるわけ?」

「それ、褒めてないからね。『ずっとセンス悪いと思ってた』と言われたのと一緒だから」

何が気にくわないのか、亜香里は顔を赤くしてまくしたてた。

「前から思ってたけど、亜香里って粘着質だよね」

ごはんが喉を通らなくなり、お茶で流し込んだ。

「ほら、また言った。悪いことは、前から思ってた、とか、ずっと思ってたって言うの。遥香の悪い癖だからね」

亜香里は勝ち誇ったように顎をしゃくった。

「おお、こわっ」

首をすくめると、亜香里はさらに不機嫌な顔になった。

もうすぐ三十歳になるというのに、中学生レベルの言い争いでうんざりする。

そんなことを思い出していると、店の外で、パオンとバスのクラクションが鳴った。

ツアーバスの運転手が、出発するときに、いつも鳴らしていた気がする。

時計を見ると、言われていた集合時間を十分過ぎていた。

トイレ休憩だと促されて、みんなバスから降りたのだが、わたしはトイレには行かず、横にあった、コンビニくらいの大きさの土産物店に入ったのだ。

後ろ髪をひかれつつも、選んでいた自分用のブレスレットを棚に戻して表に出た。

「え？　なに？」

たった十分遅れただけで、ツアーバスはわたしを残して出発していた。

道路に出て、手を振ったが、バスはあっという間に姿が見えなくなった。

「信じられない！」

道路の砂利を思い切り蹴ってから、ショルダーバッグの中からスマートフォンを取り出した。

登録していた添乗員の名前にタッチする。

「あの、斉木（さいき）ですけど」

声に怒りを含ませた。

「あ、はい？」

添乗員は、頭の中でわたしの名前を思い出そうとしているようだ。

添乗員と言っても現地係員で、この国で暮らしている日本人女性だ。日本から同行する添乗員はおらず、到着した空港に彼女が迎えに来ていた。

「ツアーに参加している斉木遥香です。わたし、バスに乗っていないんですけど」

語尾を上げて言った。

「えぇっ！」

悲鳴のような声が聞こえた。

「申し訳ありません。私が最後にトイレに行って、誰もいないのを確認してからバスに戻ったものですから」

「トイレに行きたくなかったから、横の土産物店に入っていたんです」

「ここはトイレ休憩だけで、お店には入らないようにと言ったはずです」

「お店に入ったら置いていかれるんですか」

むっとして言い返す。

「すみません。次のツアーバスに連絡して、ピックアップしてもらいます。一時間くらい待っていただけますか？」

「ここは道が狭くて、バスがUターンできる場所がないんです。ジャングルツアーは、出発せずに待っていますから」

「一時間も？」

「当然です」

何か言われるたびに、怒りが大きくなっていく。

ＬＩＮＥに置き去りにされたことを書き込もうと思ったが、学生時代のＬＩＮＥ仲間に言われた言葉を思い出して、スマートフォンはショルダーバッグにしまった。

「遥香って、よく遅れるよね。南の国で育った人みたい。沖縄時間とか、ハワイ時間とかあるみたいだけど、そういうの、東京で通用するのかな」

待ち合わせの時間に十分遅れただけで、ため息をつかれたのだ。

「海外に行っても遅れるのね」などと嫌味を書き込まれたらたまらない。

ＬＩＮＥやツイッターに書き込むのは、もう少し考えてからにしよう。

土産物店に戻って、ツアーバスに置いて行かれたことを話すと、店主らしき男性が気の毒がって、妻が日本茶を淹れるからテーブルで待つようにと言ってくれた。訛り(なま)の少ない、聞き取りやすい英語だ。

この国の人たちは、ほとんどが英語を話せる。多民族が集まった国柄なので、共通語として英語が使われているようだ。

店内には、小さな丸テーブルがひとつ置かれていた。

待っていると、店主の妻が、トレイにティーカップを載(の)せてきた。

日に焼けておらず、現地の人には珍しい、細面の地味な顔立ちだ。

テーブルにカップを置くときに、彼女の腕時計に目がいった。

わたしがしている時計と同じシリーズだ。ここでも日本の時計が人気なのだろうか。

話を聞こうと思ったのに、店主の妻は、テーブルにカップを置くと、軽く頭を下げて奥に引っ込んでしまった。

ひと口飲んだ日本茶は、この国の紅茶をブレンドしているのか、ほんのり甘くて美味しかった。

こわばっていた気持ちが少しだけほぐれていく。

こうなったら、一時間、この店でじっくりお土産選びをすることにしよう。

「センスのいい物が揃っていますね」

わたしは、日本茶の礼を言って立ち上がった。

土産物店の店主は、妻が商品を選んでいるのだと教えてくれた。日本人には評判がいいけれど、現地の人には、もう少し大胆なデザインやカラフルな色合いが好まれるという。

店主は、店の一番人気だというキーホルダーを指さしながら、「七年前も、同じような置き去り事件があったんだよ」と話し始めた。

「あのときは、助けてくれたと思った男に、持っていたバッグまで奪われてね……」

店主は、妻の置いたティーカップに目を落とした。

3

二十代最後の海外旅行は散々だった。

グルメやショッピングが目的の旅より、みんなが行かないジャングルツアーがかっこいいと思ったのが間違いだった。ＬＩＮＥ仲間を誘ったけれど、誰も付き合ってくれないはずだ。

トレッキングに、ヒルよけのソックスをはいていかなかったので、吸血ヒルに足首を噛まれて血がなかなか止まらず、帰国して半月経った今でも痒みが残っている。

ジャングルの中のトイレは、囲いがあるだけましというひどい代物で、とても使うことができず、我慢したためか膀胱炎になってしまった。

たくさんいるはずの動物は、珍しい猿が遠くに見えただけで、側で見たのは、ヘビと赤いムカデ、巨大なカエルとヒルくらいだった。

それでも、同行した人たちは、なんだかみんな楽しそうにしていた。

本当に自然が好きで、野生動物が好きなのかもしれない。

ツアー仲間は、バスに置いていかれたわたしのことを気の毒がってくれたり、いないことに気付かなかったことを詫びたりしてくれたが、中には、わたしのせいで、ジャングルトレッキングツアーの出発が一時間も遅れた、と文句を言った人もいた。

ジャングルの船着場で待っていた現地ガイドは、わたしの顔を見ると、涙を流して、何度も謝った。

その後は、どこに行くにもわたしが最優先だったし、レストランでは、毎回、彼女がドリンク代を払ってくれた。

だから、現地ガイドのことはもういい。

そのことを、アンケートに細かく書いたのに、旅行会社からお詫びの電話もかからず、手紙もこないのが納得できない。

弱小の旅行会社だからだろうか。でも、アットホームな会社として、評判は悪くなかったはずだ。

わたしは、業を煮やして、申し込んだ支店に電話をかけた。

顧客係に回されたが、アンケート用紙は、どうやら届いていないようだ。もしかしたら、現地ガイドが、都合の悪いことを報告されたくなくて、アンケート用紙を会社に提出しなかったのかもしれない。

顧客係が、「お詫びに伺います」と言ったが、アパートにこられるのもいやなので、家の近くの喫茶店を指定した。

待ち合わせの場所に来たのは、キャリアを積んでいるのがわかる、五十代くらいの女性だった。

「この度は、ご迷惑をおかけしました」

顧客係は、瓜生（うりゅう）という名前を名乗ってから、深々と頭を下げた。

「無視なのかと思っていました」

奥の椅子に座ってから、受け取った名刺をバッグの中にしまった。

「とんでもないです。こちらの手違いです。本当に申し訳ありません」

顧客係は、何度も謝罪の言葉を口にした。

「ちゃんと謝ってもらったら気がすみます」

あとは条件次第だ。当然、慰謝料は準備してきているだろう。

顧客係は、アンケート用紙が紛失した経緯を調べて報告すると約束した。

アンケートの結果に頼りすぎると、顧客の声が正確に届かなくなることがあるらしい。想像した通りだったが、丁寧でわかりやすい説明だった。

「ところで、今回参加されたパッケージツアーの約款（やっかん）はお読みいただいたでしょうか？」

顧客係は、テーブルの上に、小さな字がびっしりと書かれた用紙を置いた。

「こんなもの、読む人なんているんですか？」

手に取る気にもなれない。

「こちらに、さまざまな取り決めが書かれているのですが、斉木様も、この用紙に承諾の署名をされたと思います」

顧客係は、署名欄に人さし指を置いた。

「ええ。サインはしましたよ。サインしないと、ツアーに申し込めないですものね」

「そうです。斉木様にもサインを頂戴しています」

「それで？」

「こちらに、ツアー期間中に無断離脱された場合は、補償の対象にならない、という項目があります」

顧客係は、細かい文字の中から、その行を指し示した。

「無断離脱って大げさな。ちょっと土産物店に入っただけですよ。添乗員は旅行者の安全を守る義務があるはずです」

慰謝料で許そうと思っていたが、こんな対応をするつもりなら、出るところに出てもいい。

「現地ガイドによるミスは、判例でも、旅行会社の責任が制限されています。旅行会社は間接的にしか現地係員やガイドの管理ができないとの理由からです」

「ちょっと待ってください。そちらが勝手に頼んだ現地ガイドじゃないですか。そのミスの責任を旅行会社が負わないなんて、ありえないですよね。人数を確認しないでバスを出発させるガイドなんて、完全な人選ミスなわけでしょう?」

怒りで喉が渇いてきた。

「そう思われて当然です」

顧客係は、わたしの目をまっすぐに見て、深く頷いた。

「ですよね。びっくりしました。そんな言い逃れをされるのかと思って」

精神的慰謝料を値切ろうという魂胆なのかと思ったが、顧客係は、そんな姑息なことを考えているようには見えなかった。

「実は、斉木様と同じようなケースがあって、裁判まで持ち込まれた例があります」

「わたしと同じように置き去りにされたんですか。そういえば、土産物店のご主人が、七年前にも同じことがあったと言っていました」

その女性は、持っていたバッグまで奪われ、わたしとは比べものにならないほど過酷な目に遭っている。

「その例ではありません。他社の企画旅行での出来事です。結論を言えば、慰謝料として旅行会社に三万円の支払命令が出ました。でも、それは、現地ガイドではなく、日本から同行した添乗員の確認不足によるものだったからです。その三万円から、原告にも、約束の時間に集合しなかったという過失が認められて、五割の過失相殺がなされ、一万五千円支払われました」

「裁判まで起こして一万五千円なんて……」

裁判には膨大な時間がかかっただろう。裁判費用は過失が認められた旅行会社が負担したとしても、自分が雇った弁護士費用は、訴えた本人が払ったのではないだろうか。

「訴訟を起こしても無駄だと言いたいのですね。でも、それでは気がすみません」

わたしは、運ばれてきたアイスコーヒーを一口飲んで、息を整えた。

「SNSに書き込みますか？」

「え？」

「今は、理不尽なことがあると、手軽にツイッターやフェイスブックやインスタグラムに書き込むことができますものね。そこで、一緒に怒ってくれる人がいたら、気持ちが少しは晴れますし」

まるで、書き込みをすすめるような言い方だ。

確かに、ツイッターも、こういうネタなら飛びつくだろうし、普段は既読スルーされることが多いＬＩＮＥも、この話なら反応があるはずだ。

気まずい関係のままの同僚の亜香里は、無視するかもしれないが……。

「実は、以前、同じような事例で不満を書き込まれた方がいらっしゃいましたが、その方は、結局、ご自分でツイッターのアカウントを削除されました。決められた時間に遅れておいて、旅行会社ばかり責めるなというコメントも多かったのです。これがそのときの書き込みです」

コピー用紙がテーブルに置かれた。

『確認不足の添乗員も悪いけど、遅れたことは反省したほうがいいんじゃない？』

『ツアーで集合時間に遅れる人は、みんなに迷惑をかけてることがわからないのかな』

『自分が遅れたことを棚に上げてよく言えるね』

旅行会社を非難する書き込みと同じくらいに、投稿者を責めるような書き込みが多数あった。

「斉木様も、置き去りにされたことについては同情されると思います。でも、約束の時間に遅れたこと、トイレ休憩だけだから土産物店には入らないように、という注意を無視したことについては、批判の書き込みがあるかもしれません。ツイッターは炎上しやすいですし、ダメージが大きいのではないかと心配です」

嫌味かと思って顔を見たが、顧客係は本当に心配そうな顔をしていた。

「わたしのツイッターなんて、フォロワーも少ないし、炎上するわけないじゃないですか。書き込んでも、リツイートされないし、『いいね』もほとんどもらえないのに」

つい本音が出てしまった。

「これまで炎上したのは、フォロワーが多い方だけだとお思いですか？　火種を含んだ呟きは、フォロワー数に関係なく炎上します」

顧客係は、フォロワー数が少ない人が炎上した例を、いくつか短く話した。

「穏便にすませろと言いたいのですね。でも、わたしの怒りはどうやって処理すればいいのですか？」

わたしはテーブルに身を乗り出した。

「さきほど、日本からの添乗員のミスだった場合の判例をお伝えしましたが、その金額、一万五千円のお車代でいかがでしょうか？　現地ガイドの過失の場合は出ない金額ですので、本日のお車代ということにさせていただいてもいいですか？」

顧客係の瓜生さんは、申し訳なさそうに言った。

SNSに書き込んで、一人にでも、「遅れたお前が悪い」とコメントされるのはいやだった。面倒な訴訟は、もっといやだ。

「わかりました。車代として受け取ります」

アパートからこの喫茶店まで、歩いて五分だけれど……。

「ご理解いただき、ありがとうございます。今後、このようなことがないよう、添乗員にも現地ガイドにも、さらなる確認を徹底させます。表に出たとき、バスの姿がなくて、どんなにか不安な思いをされたことでしょう。心より、お詫び申し上げます。本当に申し訳ありませんでした」

瓜生さんは、また、深く頭を下げた。

「すごく不安でした。あのとき、土産物店のご夫妻に親切にしてもらったから助かりましたけど」

腹を立てることでごまかしてきたけれど、置いていかれたときは、不安でたまらなかった。

「土産物店が開いててよかったです。本当に……」

土産物店に入ったから集合時間に遅れたのだけれど、瓜生さんは、店が開いていたことを喜んでくれている。

「奥さんが淹れてくれた日本茶が美味しくて……」

わたしがそう言うと、瓜生さんは、うん、うん、と何度も頷いた。

「無事に帰ってくださって、ありがとうございます」

瓜生さんの優しい声が胸にしみ込んできて、あのときの心細さが、ようやく消えていく気がした。

瓜生さんの言葉は、どうして、ちゃんと胸に届くのだろうか。

表面的な言葉ではなく、心の底から言ってくれている気がする。

これも、顧客係のテクニックなのだろうが、言葉の力というものはあるのかもしれない。

わたしは、いつも、何も考えずに思ったことをそのまま口にするだけだった。そのほうがかっこいいとも思っていた。

そのせいで亜香里ともぎくしゃくしたままだ。

あの土産物店で自分用に買ったブレスレットがあるけれど、きれいな翡翠色は亜香里のほうが似合うかもしれない。

明日、思い切って渡してみようか……。

長かったわたしのひとり旅が、ようやく終わった気がした。

4

私は喫茶店を出てから、斉木遥香の姿が見えなくなるまで、頭を下げて見送った。

彼女の怒りが少しでもおさまるのなら、いくらでも頭を下げる。

彼女も振り返って、軽く会釈してくれた。

遥香は、一時間とはいえ、置き去りにされて不安だっただろう。ツアーに再度合流してからも、みんなの視線が気になり、いやな思いをしたに違いない。

それなのに、旅行会社から何の連絡もなかったのだから、腹を立てて電話してくるのも当然だ。

日本から同行する添乗員や現地ガイドには、ミスこそ、積極的に報告する姿勢を持ってほしい。

私は、大きく息を吐いた。

旅行者の声を届けたくて、今の会社に就職したけれど、働くにつれ、添乗員や現地ガイドの気持ちもわかるようになってきた。

「あなたのお陰で楽しかった」と言ってもらえただけで、また頑張れるという添乗員の声もよく聞く。

国際結婚した日本人が現地ガイドとして働いている場合も多い。ツアー客から、「日本に里帰りしたときは連絡してね、お礼にご馳走したいから」と言って、電話番号を渡されることもよくあるという。

時間を厳守する客がほとんどだということもわかっている。

しかし、一方で、信じられない行動をする参加者もいる。

集合時間を守らない客、イヤホンガイドを邪魔だとはずし、間違って他のツアーと一緒に行動してしまう客、面白そうだからと途中の店に入ってしまう客。

必死に探して、「勝手な行動をしないでください」と言うと、「こんないいポイントを見学させないほうがおかしい」と逆ギレされることもあるらしい。

少しでも楽しんでもらいたい、訪問している国の魅力を知ってもらいたい、そう思っている添乗員も、そんなことが度重なると、心が折れてしまうようだ。

顧客の声はもちろんだが、添乗員や現地ガイドの声もちゃんと会社に届けたい。それができる仕事に就けてよかったと思う。

クレームの処理については、ある程度の裁量も認められているが、それだけ責任も大きいということだ。

ここで働いて七年。

ジャングルに向かう砂利道に放り出された日が遠い昔に思えてくる。

ディンに置き去りにされてから、数台の車が通ったけれど、怖くて助けを求めることができなかった。

「暴行事件が多いので、女性のひとり歩きは危険です」と注意されたことを思い出して、車が通るたびに森の中に身を潜めてしまったのだ。

疲労のせいか、砂利道に足を取られて何度も転び、数時間かけて元の場所に着いたときには、ぼろ雑巾のようになっていた。

建物の前に倒れ込んだとき、鎧戸が開いているのが見えた。

土産物店の店主夫妻が、改装準備のために来ていたのだ。

奥さんが淹れてくれた日本茶の味を、今でもはっきり覚えている。ほのかな甘みがあり、不安と恐怖が溶けていくのを感じた。

あとで知ったことだが、添乗員は、船着場で私がいないことに気付き、現地ガイドにツアー客を任せて、自分は、船着場のレストランの従業員の車で、私を探しに土産物店まで来ていたそうだ。

聞こえてきた音が、明らかにバスではないものばかりだったので、私は車が近づくたびに森の中に隠れてしまっていた。

添乗員は、店が開いていたので、店主に自分の連絡先を伝え、崖のある方角に向かったという。

店主が添乗員に電話して、それからしばらくして車が迎えにきた。

顔面蒼白の添乗員の顔を見たときは、怒る気力も残っていなかった。

親切にしてくれた店主夫妻にお礼をしたいけれど、ポシェットを奪われたので財布もない。そう思ったとき、腕時計が残っていることを思い出した。

奥さんに、買ったばかりの物だから使ってほしいと言って腕時計を渡した。

中国では、「時計」と「終わり」を意味する言葉の発音が同じなので、時計を贈ってはいけないらしい。中国の影響を受けているこの国でも、時計はプレゼントしないほうがいいということをあとで知った。でも、奥さんは、素敵な時計だと言って、すぐに腕につけてくれた。

土産物店の夫妻とは、今でもときどき手紙でやりとりをしている。

海外旅行保険に入っていたので、盗難についてはそれなりの保障が出た。パスポートや大半の現金は、ホテルの金庫の中に入れていたので、帰国時も困ることはなかった。

意外なことに、夫は心配してくれ、お前が無事で帰ったのだからもういい、旅行会社ともめるようなことはするなと言った。旅行費用を全額返してもらえと言うだろうと思っていたので、それも意外な反応だった。どうやら夫は、交渉事が苦手らしい。

旅行会社の支店からは、印刷された『この度はご迷惑をおかけしました。些少ではありますが、同封のもの、ご笑納くださいませ』という添え状と一緒に、三千円の商品券が送られてきた。

私は、添え状を何度も読み返した。

気持ちは少しも軽くならず、読むごとに、足を引きずりながら砂利道を歩いたことが思い出された。

この対応を決めたのは支店長なのだろうか。

笑って受け取れという、この添え状でいいと思ったのか。

死ぬかもしれないと思った、あの恐怖と不安な思いを、旅行会社がまったく理解していないことがわかって、胸が苦しくなってきた。

前例を作りたくないから、この金額にしたのかもしれない。

私も、お金をもらいたいわけではない。でも、この対応はあんまりだと思う。集合時間に遅れたわけではないし、私に落ち度はなかったはずだ。

私が申し込んだ旅行会社の支店が求人広告を出していることは、前から気付いていた。

しかし、年齢制限もあったし、経験者優遇とも書いてあった。即戦力を求めていたのだろう。

私は、履歴書と求人広告を持って、旅行会社の支店長に会いに行った。

置き去りにされたときのことを、冷静にすべて話した。送られてきた三千円の商品券と、印刷された添え状も見せた。

もしかしたら上まで話が伝わっていないのではないかと想像していたが、やはり、支店長は、今回のことを何も知らなかった。

しかし、そういう体制を作ったのは支店長の責任だ。

「アクシデントがあっても、楽しい旅だったと思えるような対応はできるはずです。旅好きの友人が、到着した空港で転んで足をくじいてしまい、その後の行程にほとんど参加できなかったことがありますが、それでも、これまでで一番感動したのは、怪我をしたその旅だと話してくれました。旅行会社に、親切にサポートしてもらえたことが大きかったようです」

私は、今回のことを、ファックスで週刊誌に送ろうとして、思いとどまったことを告白した。このことがマスコミに取り上げられたら、会社はイメージダウンになるだろう。支店長は、知らなかったではすまされないし、なんらかの責任を問われるに違いない。

「これは、脅しではありません。提案です。旅行中に予期せぬトラブルがあっても、参加者が、良い旅だったと思えるような、そんなサポートをする側に立ちたいのです」

私は、テーブルの上に履歴書を置いた。

「あなたが冷静で優秀だということはよくわかりました。人事と相談します」

支店長は、履歴書を見ながらそう言った。

採用されてからの真面目な仕事ぶりが認められて、入社三年後には、念願の顧客係に抜擢された。交渉事が苦手な夫は、私のことを少し見直したようだ。

採用を決めた支店長は、すでに定年退職している。

退職するときに、「あのとき瓜生さんを採用したのは、この会社に必要な人だと思ったからですよ」と言ってくれた。

旅行会社に就職してから、息子が結婚したり、夫が大病を患ったりで、忙しい日が続き、まだジャングルトレッキングツアーに参加できていない。

今度こそ、野生動物に会いにいってみようか……。

土産物店の奥さんが淹れてくれた日本茶の味が、口の中に、ふわっとよみがえった。

迷い鏡

篠田真由美

篠田真由美（しのだ・まゆみ）
東京都生れ。1992年『琥珀の城の殺人』でデビュー。著書に、「建築探偵桜井京介の事件簿」「龍の黙示録」「レディ・ヴィクトリア」「イヴルズ・ゲート」シリーズなどがある。

1

「迷っている、と思いましたのよ」

　銀髪を、鹿鳴館(ろくめいかん)風とでもいうのだろうか、和風とも洋風ともつかぬかたちに膨らませながら結い上げて、黒いドレスの肩に銀のレエス編みのストールをかけた老婦人は、向かいのソファから、ゆるりとした口調でそういった。

「迷って、どちらへ行けばいいかわからないまま、迷路の分かれ道で立ち往生している。そんな風に見えてしまったものですから、つい、要らぬお節介口を利きました」

「迷ってって、私がですか？　私は別に迷ってなんかいませんでした」

　律子(りつこ)先輩が強い口調で言い返す。品のいいお嬢様風の見かけによらず、きつい性格なのだ。そして老婦人は、驚く風もなくうなずいてみせた。

「ええ。あなたがそうお考えなのはわかりましたよ。だからわたくしがなにを申し上げても、聞き流されるだけだろうと。店の名刺はお渡ししましたけれど、本当にこうして訪ねてみえられるとは思いませんでしたわ」

「そちらが変に思わせぶりに、来ずにはいられないようなことをいったからじゃありませんか。あの手鏡もいわれたとおり、タオルにくるんで鞄の底へ入れて、見ることも触ることもしないで持ち帰ってきましたけど、意味がわからない」

先輩の喧嘩腰にも、老婦人は薄く微笑んで問い返すだけだ。

「そこにお持ちだったら、出していただける？」

先輩は「奈央？」といいながら顎を動かし、あたしはあわててさっき先輩から押しつけられたトートバッグの中から、そのやけにずしりと重たい、ホテルのタオルでぐるぐる巻きにしたものを取り出して、ロウテーブルの上に置いた。老婦人はふっと目を細めると、

「すると、満更わたくしのことばを、疑ってかかられたわけではなかったのですねえ」

「でも、信じたわけでもありませんよ。というか、なにをいいたいのかよくわかりませんでしたもの。だからもう一度、きちんと聞いてから考えようと思ったんです。いただいたお店のカード、来る前に一通り調べさせてもらいました。あなたがこのアン

ティークショップ、銀猫堂のご店主でよろしいんですか？」

「屋号は銀猫堂、と読ませておりますけれどね。アンティークなんてご大層な。ご覧の通り、ただの町の古道具屋ですよ。外の看板にございましたでしょう、『万国古物取扱　銀猫堂』って」

　彼女は小さく肩をすくめながら、視線と手先で自分の周囲を示す。確かに埃っぽいガラス戸を引き開けて入ってきた店内は、薄暗い中になにともわからないものがごたごたと積み上げられているばかりの、およそ垢抜けしないたたずまいだったけれど、その中で向こうの壁際の床に置かれた白い彫像が、光でも当てているように浮き上がって見える。大理石の褥の上で、色っぽくS字の形に身をくねらせたうつぶせの裸像だ。身体の下に押し潰されたシーツの皺が変になまなましい。あたしの視線をたどったらしく、律子先輩がそれを見てつぶやく。

「ヘルマプロディット？　俗悪ね」

「ヘルマ――プロディットっていうんですか、あの像？」

「知らないの？　勉強不足ね」

　鼻で笑われた。

「あれ、男に見える、女に見える？」

「それはもちろん、女でしょう？　細身だけど、バストが見えます」

「腰の前のところを見てごらんなさいよ。グロテスク。美的というより病的だわ」

なんだかひどく嫌な気がしたけれど、先輩はすぐまた顔を前に戻して、

「でもこういうご商売の場合、本当に大事な品は店に並べてはおかぬものでしょう？お得意さんだけを通す別室があって、一見の客には見せないんだって聞きます」

「それはまあ、ご立派な道具屋さんでしたらねえ」

「あの日洞島（どうじま）家の母屋に来ていたのは、みんな東京や京都の名の知れた業者だということでした。あなたもそのおひとりだったのでしょうから」

「買いかぶってくださって。わたくしは勝手に見物にまいりましたのよ」

口元を揃えた右の指先で押さえて、ほほほっ、と小さく笑い声を立ててみせたが、目尻の強く切れ上がった目は、笑っていない。

「でもあの生け垣迷路については、事前に調べて来られたのでしょう？　たまたま来合わせて、私の話を立ち聞きしただけだというのは、本当ではありませんよね？」

「あなたがそう思い決めているなら、なんとお答えしても無駄でしょうね」

小さく肩をすくめた。

「ごまかさないでください。あの家にまつわる事情、あなたはどれだけ承知しているんですか。そのことと、この手鏡に関係がある、という口振りでしたけど、まさか二十一世紀のいまになって、『凶眼（きょうがん）の魔女の呪い』とか、結局そんな陳腐な怪談話を聞

実業之日本社文庫

赤川次郎
花嫁は歌わない

結婚直前の花嫁が自殺
ある殺人事件に関係が!?

亜由美の親友・久恵が、結婚目前に自殺した。殿永刑事から、ある殺人事件と自殺の原因が関係していると聞いた亜由美は、真相究明に乗り出していくが……。

定価726円(税込) 978-4-408-55701-4

迷 まよう

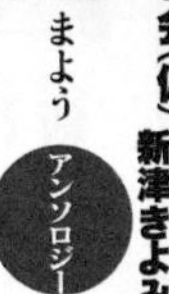

アミの会(仮)
大沢在昌/乙一/近藤史恵/篠田真由美/柴田よしき/新津きよみ/福田和代/松村比呂美

豪華ゲストを迎えた実力派女性作家集団「アミの会(仮)」が贈る、珠玉のミステリ小説集。短編の名手8人が人生で起こる「迷う」時を鮮やかに切り取る!

定価836円(税込) 978-4-408-55708-3

加藤 元
カスタード

街の片隅に佇むお弁当屋。そこを訪れるのは、心の奥底に後悔を抱えた人々。ささやかな「奇跡」が、彼らを心の迷宮から救い……。ラスト、切ない真実に涙!

定価759円(税込) 978-4-408-55702-1

©山下以登

似鳥鶏
名探偵誕生

神様、どうか彼女に幸福を――

僕が事件に出会うたびに助けてくれたのは、隣に住む名探偵だった。精緻なミステリと瑞々しい青春が高純度で結晶した傑作。

エモさ100%

定価(本体**814**円+税) 978-4-408-55603-2

GROW

きっと見つかる、大切なもの。 実業之日本社文庫 グロウ

汐見夏衛
臆病な僕らは今日も震えながら

書き下ろし

定価 **759** 円(税込)
978-4-408-55694-9

生きる希望を失った孤独な少女には、繰り返し夢に現れる「虹色の情景」があった。そこに隠された真実とは!? 汐見夏衛史上、最も切なく温かい「命と再生」の物語!

※定価はすべて税込価格です(2021年12月現在)13桁の数字はISBNコードです。ご注文の際にご利用ください。

かされたら、私、遠慮無く笑いますよ」

先輩の問い詰める口調にも、彼女は唇に笑みを含んでこう返すだけだ。

「ですがあらかじめ調べたりはしなくとも、必要なだけのことはあなたのお話を聞いて、もうひとつ、この鏡を見ればわかりましたもの」

「なにがわかったんですか。『魔女』の正体でも？」

「いいえ。手鏡が明治から伝わったものであるとしても、さすがにその時代のことまではお許し願いましょう。あなたが話しておられたことのうち、わたくしが気がついたのは、昭和の戦後のお話と、あなた自身が体験されたことの方です」

「それが、この鏡に関わりあるというんですか？」

「ええ。それがなければ、なにも起きずに済んだことは確かですわね」

そういいながら、老婦人の目が横に流れてあたしの方を見た。その目にうながされるように、つい口を開いてしまった。

「やっぱりこれは呪われた鏡だって、そんな風にしか聞こえませんけど？」

冗談のつもりだったのに、彼女はにこりともしない。逆に叱りつけるような調子で、

「お止しなさい。信じないといいながらあなた方は、そうやって面白半分そんなことばを口にする。呪いなんてありゃあしません。でも、口から出したことばは無にはならない。繰り返されればそれだけで、なにがしかの『呪い』になるんです」

これまでとは正反対の、ひどく真剣な調子だった。

「名付けるなら、そう、人の心を迷わせる迷い鏡、とでも呼びましょうかね」

2

取り敢えず、時間は一週間ばかり前に戻る。あたしは、というより、J女子大卒業を二ヵ月後に控えたサークルの三人の先輩と、ひとりだけ一学年下のあたしたち四人は、一泊旅行の旅先でこの老婦人と顔を合わせたのだ。附属高校から上がってきた先輩たちが高校時代に作った、ささやかな詩の鑑賞と創作の同好会は、大学の四年間でも結局あたし以外には部員が増えないまま、三人の先輩の卒業と同時に消滅が決まっていた。その解散記念旅行だった。

東京から特急とローカル線を乗り継いで二時間半、江戸と東北を結ぶ街道の宿場として栄えた地も、いまではおよそ見栄えのしない半端な田舎町だったが、先輩の家の本家に当たる洞島家は、昔参勤交代の大名が宿泊する本陣を所有したこの町の素封家だ。その直系が途絶えて、広すぎる家と土地を受け継ぐ者も無く、近々取り壊されることが決まっていた。

母屋は江戸中期に建てられた本陣屋敷だが、明治の初めの頃に金髪碧眼のイギリス人女性と結婚した当主がいて、その女性のために作られた西洋風の六角形の生け垣迷路がまだ残っているのだという。去年の秋だったか、律子先輩がみんなの前で何気なくそんな話をすると、

「へえ。ロマンチックじゃない」

彩花(あやか)先輩が大して興味もなさそうに応じたが、

「それがそうでもないの。百年以上前の田舎だもの、その青い眸(め)が気持ちが悪いとか家中の人間に反対されて、結婚はいくらも続かなくて、その女性は故国に帰ってしまったんですって。無理矢理別れさせられたわけじゃなくて、自分から嫌になって出て行ったそうなのよ」

「それじゃもう、生け垣の迷路なんて残っていないでしょう」

「私が最後にそこに行ったのは十年以上前で、そのときはまだちゃんと迷路になっていたわ。大きく育ってみっしり茂った黄楊(つげ)の生け垣が入り組んで、一歩中に入れば全然周りは見えないから、本当に怖いほどだった。子供のときは夏休みとか、親戚中の子供がその家に集まって、夜は肝試しなんかもしたから」

「律子ったら、そんな話初耳よ」

「だって、取り壊されるって聞くまですっかり忘れていたんですもの。それに、私はあの迷路、好きじゃなかった。中で死んだ人がいるとかで、それに私が最後に行った

ときも」

するとミステリ好きの宏美(ひろみ)先輩が目を爛々(らんらん)と輝かせて、

「もしかして殺人事件？　ねえ、だったら洋館はないの？」

「十年前には一応建っていたわ。そのときでもぼろぼろだったけど」

「うわ、見たい。血塗られた過去に彩(いろど)られた洋館に迷路。萩原朔太郎(はぎわらさくたろう)の『干からびた犯罪』を映像化するとしたらぴったりじゃない。——どこから犯人は逃走した？　ああ、いく年もいく年もまへから、ここに倒れた椅子がある、ここに兇器がある、ここに屍体がある、ここに血がある、——」

宏美先輩は立ち上がって、声高らかにお気に入りの詩を口ずさみ、それから急に言い出した。

「そうだ。例の記念旅行、そこにすればいいじゃない。町にはホテルくらいあるでしょ。一泊で行って帰れるから簡単だし」

計画だけは一年以上前から浮かんでいたものの、具体的なことはなにひとつ決まらないでいた旅だ。先輩たちは皆、附属の高校時代から数えれば七年間、顔を合わせ続けていい加減お互い鼻についているのだろう。もともとそれほど乗り気ではなかったらしい。ただ「最後の記念に旅行でもしない？」と誰かが言い出して、なんとなく一度頷いてしまうと、改めて「やっぱり止そう」とはいいにくいのか。ずるずると時間が過ぎて、いつまで待っても埒が明かない。あたしがかなり強引に切符とホテルの手配を済ませてしまうと、みんな嫌とはいわなかった。

　もっとも、出発の当日にはしゃいでいたのは宏美先輩ひとりで、律子先輩はなんとなくむっつりと不機嫌だったし、彩花先輩にいたっては、こんなときはいつでもそうだったように、電車の発車時刻ぎりぎりにようやく現れてごめんなさいともいわず、口を開いたと思えば大声であたしの服装をあげつらった。自分がなにかいわれそうなときは、先回りして人をけなすのが彼女の得意技なのだ。

「もう。奈央ったら、またそんなずるずる長いスカート穿いて、似合わないわよ、あんたには。それじゃ男の子が女装してるみたい。それに、前髪は上げなさいっていつもいってるでしょ？　おかしいわよ。鏡くらいちゃんと見なさいよね！」

　毎度のことだったから、あたしは笑って聞き流した。いちいち気にしてはいられない。彩花先輩はその後も、さすが元本陣という立派な洞島家の門を「汚い」と笑い、生け垣迷路の前に立つとますます人もなげな大声を出す。

「迷路？　これが？　嫌だ。生け垣どころか、荒れた雑木の塊じゃないの。こんな中に足を踏み入れるなんて、考えられないわ！」

「それは仕方ないわよ。いったでしょう？　わたしがここに来たのは小学校の五年生のときが最後で、その後はたぶん誰も中には入っていないって。十年以上放置されていれば、木の枝も伸びる、雑草も茂る、荒れて当然よ」

　律子先輩がおっとりと言い返す間にも、宏美先輩はその横で地面にしゃがみこみ、生け垣の裾のところを覗きこんでいた。

「荒れているといっても、入れないことはないと思うよ。土台の石積みはまだきちんとしているし、これなら中の迷路も雑草に埋もれてることはなさそう。ねえ、奈央？」

「どうかしらね。十何年分の落ち葉ですっかり埋もれていたとしても、全然不思議じゃないと私は思うけど。どうなのよ、奈央。あんたのスカートも引っかかるんじゃない？」

　両方から同時に相槌を求められて、あたしは仕方なく答えた。

「地面には石ぐらい敷いてあるんじゃないですか？　ただ、彩花先輩のそのピンヒールには、向いていないと思うけど」

「えー、嫌だ。勘弁して欲しいわあ」

「服装が田舎向きじゃなさすぎるよね、ふたりとも。よくそんな高いヒールや、ずるずるしたスカートで旅行に来ると思うよ」

　彩花先輩は「ほっといてよッ」と横を向き、この場合はあたしも同感だった。誰になんといわれようと、身体の線が出るような服装は嫌いだ。顔がすっかり見える髪型も。誰もが彩花先輩のように、自分は美人だと心から信じられるものではないのだ。

「出入り口はどうなっているの？」

「確か木戸があったんだと思うけど」

「こっち、洋館の玄関と向かい合う位置ですね」

「そうだあ。洋館、洋館！」

「それこそ荒れ果てて、なんにも残っていないわよ。母屋には掛け軸や焼き物を見に骨董商が来ていたのに、こちらには誰もいないでしょう？」

「その荒廃のたたずまいがそそるんだってば。でも、まずは迷路の攻略だね」

一塊の藪のようなもつれ合った茂み、それでも辛うじて元は正六角形をしていたらしいとわかるその外側を回りこむと、木造の洋館の玄関と向かい合って、上辺がアーチの形をした小さな木戸が薄く開いている。

洋館の方は、まさか明治時代からそのままということはないだろうけれど、壁の白っぽいペンキが一面鱗のように浮き上がって、玄関の軒を支える柱も歪んで、いまにもぐしゃりと潰れてしまいそうだ。荒廃振りは迷路の方もいい勝負で、元はきちんと刈りこまれていたのだろう黄楊の生け垣の壁は、好き勝手に枝を広げて頭の上まで伸び、そこに分厚く蔓草が絡んで枯れて陽光をさえぎって、ほとんどトンネルのようだ。外が晴れて明るい分、ひどく暗く感ずる。彩花先輩も「本当に入る気？」と眉をひそ

めたけど、宏美先輩は相変わらずのハイテンションで、

「当然じゃない。なんのためにここまで来たのよ。気が進まないなら彩花は外で待ってれば？　よし、行くぞ！」

「待って。並んでは歩けないから、私が先に行くわ」

「脅かさないでよ、律子。ひとりじゃ迷う？」

「分かれ道は全部一番右に入るの。だから見落としさえしなければ問題ない。暗くなるとわかりにくくなるけど、この時刻なら大丈夫だと思う。でも一応私が先に行くわ」

「じゃ、あたしが最後になります」

そうしてあたしたちはその生け垣迷路をぐるぐるたどりながら、ここにまつわる謎めいた死の話を聞いたのだった。明治が始まったばかりの頃、洞島家の当主がどこから連れてきた青い目の花嫁に、贈り物として洋館と迷路の庭を造らせたけど、その結婚は一年足らずで破局して女性は祖国へ帰ってしまった、というところまでは聞いていたけれど、同じ頃洞島家に仕えていた若い小間使いが、迷路の中心で胸に刃物を突き立てて死んでいたのだという。

「その死は、ご当主の結婚と関係あり？」

「当然そうでしょうね。彼女は幼馴染みでもあった彼が、周囲から非難の矢面に立た

されるのに胸を痛めて、自殺したのだとはいわれたらしいけど」

「ええー？　いくら明治時代でも、若い女の子がそんな理由で自殺するかなあ」

「違うわよ。身分違いの恋が破れた末の、失恋自殺に決まってるじゃない」

恋愛については一家言ありの彩花先輩が断言し、

「さもなけりゃ、自殺じゃなかったかだね」

なんでもミステリにしたい宏美先輩が、案の定な一言を挟んだ。

「青い目の魔女の呪いの方が、宏美の好み？」

「オカルトで落とすのはいまいちだよ。でも自殺かどうか、疑う気になれば疑えるじゃない？」

「疑うだけならね。胸を刺されて、死んでいるのが見つかったとしか伝わっていないんだもの。でも現場は間違いなくここですって。ほら、ここが迷路の中心」

「えーっ、もう？」

「そうなの。わりとすぐに着いてしまうでしょう？」

確かにずいぶんと呆気(あっけ)なかった。もっと、外から見た大きさからは信じられないくらい延々と、暗くて見通しの利かない迷路が続くものだと思っていたのだ。中心部は生け垣の壁六辺に囲まれたやはり六角形の空間で、広さは四畳半くらいはあっただろうか。足元は隙間からわずかに雑草が生え出した石畳。だがその中心部には、見るからに異様なものが立っている。

　高さは一メートルくらい。大谷石のようなきめの粗い石を彫って、頭と腕のある人の形にしたとはいっても、彫刻と呼ぶには稚拙すぎる。頭らしいものと、両腕を前に突き出した形らしい突起はあるが、崩れかけてそれもはっきりとはしない。それでもただの自然石ではない、人間のかたちに彫った跡が残っている分、かえって不気味に見える。

「なあに、これ」

「そのイギリス人女性が作らせたんですって。関東大震災で倒れて崩れて、残ったのがこれだけなんだけど、元はもう少しちゃんとした人の形の彫刻で、この腕に大きな石の水盤を捧げ持っていたんだそうよ。満月の夜にひとりで迷路を歩いて、一度も振り返らずにここまで来て、水盤に水を満たして水に映った月を見ると、自分の運命の相手が見えるっていう話」

「それもそのイギリス人の女の人がいっていたこと？」

「ですって」

「そう聞くと、やっぱり魔女っぽいわねえ。ドルイドとか」

「ホラーよりむしろファンタジー」

「とてもそんな風には見えないわよ」

「ここまでぼろぼろになっちゃえばね」

「水盤も壊れてなくなってるし」

「でも洗面器かなにか持ってきて置けば、月を映すことはできるわよね」

「律子、試したの？」

先輩は真面目な顔で、ううん、と頭を振った。

「その機会はなかったわ。私がそのことを教えられたのが十一年前で、そのとき事件があってもう、二度と親戚の子供たちが洞島家に集まることもなくなったから」

「事件ってどんな？」

「別にそう大したことじゃないの。男の子が夜ひとりでここに入りこんで、たぶん転ぶかどうかして怪我をして、だから危ないっていうんで、その後誰も入れなくなって」

「それだけ？」

「まあ、そう――」

「じゃあ、事件ってほどのもんでもないね」

「ほんとねえ。どんな禍々（まがまが）しい秘密があるのかと思ったら」

彩花先輩に笑われて、律子先輩はむっとしたようだった。話したくないと思っていても、大したことないといわれると腹立たしい。人間の気持ちはそんなものらしい。

「いいわ、話すわよ。明治の自殺事件の後にも、ここで死んだ人がいたの。私が話を聞いたときに四十年前っていわれたから、いまから半世紀前、昭和四十年？　それくらいの頃、洞島家の長男の慎太郎さんと、従妹の時子さんの結婚が迫っていたとき、迷路の中心でこの家で働いていた文代さんって女性が死んで見つかったのですって」

「えっ。また、ここで？」

彩花先輩が急に怖くなった、という顔であたりを見回し、

「そう。頭を割られて倒れていて、その傷から飛んだ血が石畳一面に散っていたんですって。そばに大きく刃毀れのした包丁と、イタリア製の中折れ帽が落ちていた。その帽子は慎太郎さんのものだったし、血の上についた男物の靴跡も彼のものらしいというので警察に事情を聞かれて、でも彼はなにもいわないまま首を吊って自殺してしまって、結局真相はわからず仕舞い」

ヒュッ、と宏美先輩が口笛を吹いた。

「それは結構やばい話だね。つまり慎太郎と文代はひそかな恋人同士だったけれど、慎太郎の結婚が決まって、別れ話がこじれて、慎太郎が文代を殺してしまった。そういうこと？」

「警察はそう考えたんじゃないかしら。でも洞島家の中では、慎太郎さんは日頃から、使用人に声を荒らげることもないやさしくて穏やかな人柄で、なにがあっても人に手

を上げるようなことはしないだろうにっていわれて」

「じゃ、結局誰が犯人なのよ」

「だから、そういう議論や詮索も含めて、話題にしちゃいけない秘密だったのよ。大人には絶対いうな、話したことも知られるなって、くどいほど念を押されたわ」

「だけど、その時点で四十年も前の話でしょ？　秘密ってほどのことでもないじゃない」

彩花先輩の反問に、律子先輩はかぶりを振った。

「それが違うの。家は慎太郎さんの弟の洋二郎さんが継いで、時子さんはその洋二郎さんと結婚して、当時はまだふたりとも生きていたんだもの。慎太郎さんは、誰かを庇って自殺したんじゃないか、なんてこともささやかれたそうだし」

「事件のときに二十代の初めくらいなら、四十年経っても生きてるか。だとしたら確かにうっかりしたことはいえないね。つまり慎太郎が庇ったと考えられたのは弟の洋二郎？」

さっそく名探偵気取りの宏美先輩に、

「なにそれ。わけがわからない。どうして兄が弟を庇うのよ」

彩花先輩が嚙みついたけれど、

「それはふたりの関係がわからなくちゃ、なんともいえないけどさ、慎太郎の方になにか弟に対する引け目があったとしたら、時子に横恋慕した洋二郎が、兄に容疑を着せて自殺に追いこんだ、なんて考えることも可能だよね。洋二郎が犯人なら、メインは恋愛じゃなくて家督を自分が継ぐためだったとも考えられる。文代と関係があったのは彼の方で、兄の帽子と靴を持ち出して犯行に及んだ、と。どうよ、この推理は」

いばって「推理」なんていうほどのものじゃないと思ったのは、あたしだけではなかったらしく、彩花先輩はあっさり無視して律子先輩の方を向き、

「でもその頃ふたりとも生きてたったことは、律子は会っているのよね？」

「ええ。でも洋二郎さんはいつもにこにこしてるやさしいお爺さん、六十いくつだからいま思えばお爺さんってほどでもないけど、頭が禿げていたし、十一歳の子供にはそんな風に見えたってことくらいしか覚えてないわね。時子さんは六十前の、子供心にも身ぎれいでしゃんとした人で、旦那さんの洋二郎さんより背が高かったと思う」

「時子って、気も強そうな感じがするな」

「それはたぶん宏美の想像が当たってる。しゃべり方ひとつ取ってもきびしくて容赦が無くて、子供たちも彼女がいるところでは、みんな口をつぐんでおとなしくしていたわ。家で使われている人たちも、洋二郎さんに対してよりずっと怖れはばかっていたような記憶がある。だから、事件の話をしていたなんて知れたら、すごく怒られるぞっていっていたのは、時子さんの顔を思い浮かべてのことだったのよ」

「律子は誰からそれを聞かされたの？」

「さっきもいったと思うけど、私が小学生の頃は、学校が休みのとき親戚中の子供がこの本家に泊まりに来たの。特に夏のお盆のときは、名前も続き柄も知らない遠縁の子供まで混ざって二十人以上になって大騒ぎ。そのときの恒例の遊びが空き屋になった洋館や生け垣迷路を使っての肝試しで、それも小さい子は寝かせた後に、大人にはいわずにこっそり布団を抜け出して行くんだけど、出かける前に歳上の従兄からその話を聞かされたの。知られたらうんと怒られて遊ばせてもらえなくなるから、家に帰っても誰にもいわない約束だよって。私も十一歳になったばかりのその年が、参加させてもらった最初で最後」

「その年になにか、あったんですよね？」

　黙っているつもりだったのに、あたしはつい口を挟んでしまった。

「なにかってなによ」

「だから、男の子がここで怪我をしたって話でしょ？　それでもう休みに子供が集まることはなくなったんだって」

「それは事故だよね。でもそれで終わりだと、かーなり竜頭蛇尾（りゅうとうだび）な感じだねえ」

　宏美先輩のセリフはいつもの毒も無い放言だったけれど、律子先輩はいきなり怒り出した。

「止(や)めてよ、もう。だから嫌だったのよ、私は。好奇心でつつき回してもらいたい話じゃないわ。宏美、探偵ごっこが趣味だっていうのは知っているけど、あなたが犯人だの被害者だのっていってるのは、絵空事じゃない、私の親戚なのよッ」

「怒らないでよ。それに犯人とか被害者とかってことばは、使ってないじゃない……」

宏美先輩は小声でいいながら身を引き、彩花先輩は逆にむっと眉を怒らせた。

「なによ、いまになって。そんなに嫌ならもっと違う場所を旅先に選べばよかったのに」

「でも、律子先輩が嫌がるのも無理ないです。だって、その最後の肝試しの晩に、時子さんが死んでしまったなんて。ただの事故にしても」

「ええっ、そうなの？」

「そんなこと、あんたはどうして知ってるのよッ」

「そうよ。なぜ知っているの。私、話していないわ」

三人の先輩が口々に声を上げながら詰め寄ってくる。律子先輩もだ。あたしは他にどうしようもなくて、先輩たちの顔を見比べながらへどもどと答えた。

「ご、ごめんなさい。だけど律子先輩、確か前にお話ししましたよ。あたしのうちも先輩の家とは、血は繋がってないけど遠い姻戚(いんせき)だって。だから法事で家に戻ったときに、誰かからちょっとだけ聞いたんだと思います。いままでいわなくてすいません」

律子先輩はしばらくまじまじとあたしを見つめていたけれど、やがてため息をついて、

「そう、事故なのよ。時子さんは、そこの洋館の玄関の上に張り出したベランダから落ちたの。空き家のままだったから、手すりが壊れていて。ほら、ここからだとちょうど見えるでしょう。ベランダはその時点で取り外してしまって、無いけれど」

律子先輩が手を伸ばして頭の上を指さすのに、あたしたちは一斉にその指のさした方向を見た。伸び広がった黄楊の壁の上に、洋館の錆びついた銅板葺の屋根と色褪せた下見板張りの壁、ガラスの割れた窓が覗いていた。

「私たちの寝泊まりしていた部屋は母屋の裏の、いまはもうない離れの座敷だったから、歳下の子たちは先に寝かせてしまって、肝試しをする子が五、六人だったかしら、ぞろぞろこの洋館の脇を通り抜けようとしたら、先頭を歩いていた子がベランダの下に倒れている時子さんを見つけたの。あの高さなら普通、落ちても死ぬほどのことはないのよ。でもベランダの下には庭の他からどかした石が転がっていて、運悪くその石の上に落ちて、頭を打ったらしいっていう話」

「見つかったときは、もう亡くなっていたの？」

「落ちたのはその一時間くらい前だったみたい。お夕飯も済んで大人はいないし、子

供だけで枕投げとかして、しばらく騒いでいたのよね。怖い話の後で肝試しに出発となったのは、ずいぶん夜も更けて十時過ぎぐらいだったかしら。あの晩はご夫婦で遅くまで外出するってことで、だから肝試しは見つからないようその晩にしようって決めたんだもの。時子さんがいつ戻ってきたのかも、家中の誰も気がつかなかったのよ」

「じゃあ、旦那さんは？」

「ふたりで一緒に出かけたけど、喧嘩して時子さんだけ先に戻ったたって話だったと思うんだけど、細かいことは覚えていないわ。なにしろ昔のことだし」

律子先輩は口早にそれだけいって横を向く。覚えていないというより話したくない、これ以上聞かないで、といいたげだ。無理に聞けばまた、さっきのように切れるだけだろう。それでも宏美先輩は独り言のような調子で、「ほんとに事故だったのかなあ、なんてね」とつぶやいたけど、律子先輩は聞こえない振りだ。でも宏美先輩は平気な顔をして、さらに重ねて訊いた。

「結局のところその事件は、迷路とは関係なかったわけだよね？　同じ晩に男の子が転んで怪我したのは、ただの偶然だったんだろうし」

「ええ、そう。ただの偶然。そしてそれで全部よ」

本当は全部ではない。その十一年前の事件の最終幕を、あたしはこれも親戚の口から聞いて知っている。洞島家が親戚中の子供を集める本家でなくなった一番の理由は、その年の暮れ、ひとり残された洞島洋二郎があの洋館の中で首を吊っているのが見つかったためだ。遺書はなく、四十年を隔てて繰り返された男女の死、女は頭を打ち割り男は縊死(いし)、というそっくりの構図がまるで怪談か因縁話だと、長らく親戚筋でささやかれてきたそうだ。夫妻の間には息子がひとりだけいて、その人が家を継いだが、彼が子供を残さずに亡くなって、今回この土地も家屋も処分されることになったのだ。これを聞けば、きっと宏美先輩は大喜びするだろうけれど、彼女を喜ばせるために律子先輩の機嫌を損ねるのは、あたしにはなんの意味も無いから黙っていた。

「満足した、宏美？　全然大したミステリでもホラーでもなくて、お生憎(あいにく)様ね」

「えー？　そんなこともないけど、せっかくここまでやってきたからには、まあもうちょい怪奇なムードとか期待したかなあ」

　宏美先輩は頭を掻(か)き、彩花先輩は、

「本当に馬鹿馬鹿しいったら。私、もう行くわよ！」

　大声で文句をいいながら踵を返し、だがその場で声を呑んで棒立ちになった。なにが起きたのかと、振り向いたあたしたちも同様だった。ただびっくりしたというより、背筋に冷水を浴びせられたような、という方が近い。揃って洋館の見える方を向いて、ここへ通ずる迷路の出入り口には背を向けていたものだから、自分たち以外の人間がいるとは予想もしなかったのだ。

まだ昼間なのに陽が落ちたみたいに薄暗い、黄楊の生け垣を背景に無言でたたずんでいたのは、長身の老婦人だった。襟元の詰まった、ヴィクトリア朝の未亡人のような黒のロングワンピースを着て、髪は白髪というよりはやはり銀色で、日本人ではないんだろうか、瞳の色が薄青っぽく見える。先輩たちはどう思ったか知らないが、あたしが息を吞みぞっとしたのは、彼女がなんだか生きた人間でないように思えたからだ。それは一枚の紙に薄い鉛筆で描かれたデッサン、厚みも重さも持たない、迷路のどこからかさまよい出てきた、過去の亡霊か幻影のようだった。

けれど律子先輩が、あたしたちの中で一番気丈だったのは間違いない。怖れるどころか、むっと眉を寄せて腹立たしげな顔になると、大股に近づいていきながら声を上げた。

「なんですか、あなたは。ここでなにをしているんです?」

後ろから見ていたあたしは、その瞬間相手がふっと消え失せるに違いないと思った。でも、無論そんなことは起きなかった。

「見物人ですよ。こちらのお屋敷をすっかり処分なさると聞きましたのでね、いい機会だから中を拝見しようと思ってうかがったんです」

声が聞こえると、最初の一瞬に感じた非現実感はたちまち薄れて、そこにいるのは品のいい、だが取り立てて変わったところもない年取った女性にしか見えなくなった。

「見物の人はみんな、母屋の方に行っているじゃないですか。洞島家の代々が買い集めた書画や骨董がお目当てで。こちらに来たって、見るものなんてなにもないでしょう？」

　律子先輩はなおもとげとげしい口調で問いただしたが、

「応挙（おうきょ）や魯山人（ろさんじん）の紛いものを拝むよりは、この迷宮を拝見する方が楽しかろうと思いましたのよ。それはお嬢さん方も同じでしょう？　一説には、現代のラビリンスの奥にひそんでいるのは怪物ミノタウロスならぬ一枚の鏡で、英雄テセウスのつもりでやってきた人はそこに自分の顔を見つけて仰天（ぎょうてん）するのだそうだけれど」

「この迷路にあったのは、鏡は鏡でも、自分の結ばれる人を見せてくれる水鏡だったんですって。それもとっくの昔に、壊れて見られなくなったそうよ」

　蓮っ葉（はすっぱ）な調子で答えた彩花先輩にも、老婦人はにこやかに笑い返しながら、

「おやまあ、そうですの。でも水鏡が見られないとしても、代わりになるものはいくらもあるんじゃありませんか？　たとえばほら、こう手鏡を置いてみたら」

　あの崩れかけた石像に歩み寄ると、前に突き出た腕の上に、手に持っていたものを載せようとした。それを見て「あっ」と大きな声を上げたのは律子先輩だった。

「どうしたんですか。その鏡、それはあなたのものじゃないでしょう？　どこで見つ

けたんです！」

「そこの洋館の二階の、壊れかけた化粧台の引き出しに入っておりましたの。正六角形の意匠が珍しいので、もしやこの迷路と関わりあるものかと思いましてね、それなら取り壊しで紛れてしまわないように、その前に持ち出した方がいいのじゃないか。譲ってもらえるなら管理人の方にうかがってみよう、と思ったんですよ」

「勝手なことをしないで下さい。返して！」

先輩はその手からもぎ取った鏡を、両手でしっかりと自分の胸の前に抱えこむ。いつにないヒステリックな様子に驚かされた。先輩自身、洋館にはなにも残っていないといっていたのだし、まるで盗まれたように咎めることでもないだろうに。

「ねえ、今日の律子ってなんか変じゃない？」

あたしに小声でささやいた宏美先輩に、あたしもささやき返した。

「そうですよね。いくら銀でもあんな真っ黒の古鏡、大した値打ちもないでしょうに」

「お嬢さんは洞島家の縁者ですの？　その鏡を、お持ちになるんですか？」

静かに尋ねられて、律子先輩は我に返ったようだった。自分が普通ではない様子を見せたことに、ようやく気づいたらしい。それでもまだ、胸の前に抱えた鏡は離さないまま、

「え、ええ。これは売らないように頼みます。いえ、私がお金を払って譲ってもらいます。昔、子供のときにこの家に来て、見たことのあるものだから、思い出があるんです。懐かしくて」

妙に言い訳するような口調になっている。老婦人はあっさり頷いた。

「それはどうぞご随意に。でもひとつ忠告させてもらうなら、その鏡はタオルにでもくるんで、他の人には見せず持たせずに、大事にお宅へ持ち帰るのがいいと思いますよ」

律子先輩は顔を硬くして「どういう意味ですか」と聞き返したが、

「別にどういう意味も、いま申し上げただけの意味です」

「でも、なんで」

「危ないから、ですよ」

そういいながら、彼女はもう踵を返していて、ただ最後に思い直したように足を止めて、

「なにかご不審でしたら、ここが東京ではわたくしの居る場所ですから」

小さな名刺のようなカードを、たぶん一番近くにいたからだろう、あたしの手に持たせて立ち去ったのだ。

3

そのカードに書かれた住所の店に、あたしはいま律子先輩とふたりでいる。正六角形の手鏡と一緒に。

いわれたとおり先輩は、それを手元から離さなかった。ホテルにチェックインすると、彩花先輩や宏美先輩が「見せてよ」というのにも首を振って、本当にタオルでくるんでバッグの底に入れ、そのまま膝の上に置く。ホテルはツインが二室で、あたしは彼女と同室のつもりだったのに、「頭が痛いから、あなたひとりで別の部屋に泊まって」といわれた。それを聞いて、先輩ふたりが小声で話していた。

「やっぱり律子変だよ。魔女の呪いに取り憑かれたんじゃないの?」

「まさか。止めてよ、もー。そんなわけないでしょ!」

「でも、目つきがおかしいよ。腹心の奈央まで追い出すなんて、異常」

「いやだなあ。止めてくださいよ、腹心だなんて」

「だって、幼馴染みで親戚なんでしょう? 高校も一年生のときから、ずうっと先輩先輩って、後をついて回ってたじゃない」

「遠い、それも姻戚ですし、幼馴染みでもないです。一緒にいるようになったのは、高校になってからです」

「子供のときは一緒に遊んだりしなかったの？」

「顔を合わせたとしても一度だけですね。だから律子先輩、あたしの顔を見ても思い出さなかったんですよ」

「覚えててくれると思ったの？」

「ええ、まあ」

あたしがそんな宏美先輩との会話を思い出している間にも、律子先輩は目の前の老婦人を睨みつけている。

「聞かせてください。どういう意味だったんですか、あの、危ないっていうのは」

どうしても、答えを聞かずには済まないという調子だ。老婦人は無言のまま、タオルの包みを膝の上で開いた。鉛色に変わった手鏡が現れる。銀製のといっても、優雅な雰囲気は乏しい。女の持ち物にしてはいやにずっしりして武骨に思えるのは、外国人の手に合うように作られているからだろうか。

「ずいぶんと重たいこと」

独り言めいたつぶやきが聞こえた。

「これなら、凶器としても充分役に立ちます」

「凶――器？」

「昭和四十年に、文代さんという女性を殺害した凶器は、これだったのでしょう」

わかりきったことを告げるとでもいった、淡々とした口調だった。

「犯人が用意したのは、現場で見つかった包丁だった。でもそれは石像に当たって、刃が欠けてしまった。斬りつけたけれど避けられて、粗い大谷石に食いこんで、咄嗟に抜けなかったのかもしれません。だからこの鏡で額を打って殺して、指紋が残ったと思ったからか、そのまま持ち去ったんですね」

「だったら、なんでそこに鏡があったんですか」

「それは水鏡の代わりでしょう。慎太郎の結婚が迫る中、彼からの手紙を受け取った文代は、鏡を手に逢瀬の場に向かった」

「では、その文代を慎太郎が？」

「いまとなってはなんの証拠もありませんが、わたくしは違うと思います」

「なぜですか」

「動機が弱いじゃありませんか。三角関係といっても素封家の跡取りの婚約者が相手では、使用人の娘に勝ち目はありません。つまり殺す必要もない。文代にしても、すでに諦めていたのではないかと思います。結ばれるべき相手を映す鏡に、せめて自分と慎太郎の顔を映したいと思うのも、彼女の悲しい最後の祈りだったのではないでしょうか」

「けれど、文代は殺された」

「迷路を歩く文代の後を、慎太郎の帽子と革靴を身につけた他の人間がつけていた。足音を聞いても、言い伝えを守るなら振り返るわけにはいかない。でも彼女は見てしまった、帽子の下の顔を。手鏡は水鏡の代わりになるけれど、水鏡にできないこともできてしまうから」

　老婦人は両手の上に手鏡を載せて、水盤を捧げ持つように平らにして差し出す。それからその柄を摑んで、真っ直ぐに立てる。夜空の下で水平に置かれた鏡は、水鏡と同じように、中天高く昇った月と覗きこむ顔を映すだろう。けれどそれを垂直に持ち上げれば、自分の肩越しに、背後の闇と足音を忍ばせて近づいてくる人の顔を映し出すことになる。それが、彼女が来ると信じていた慎太郎ではないと気づいたなら。

「時子、なんですね」

　声が聞こえた。それをいっているのは、先輩ではなくあたしの口だった。

「時子が慎太郎の名を騙って文代を呼び出した。婚約者が自分以外の女と愛し合っていたことを、彼女は許せなかった。最初から殺すつもりで刃物を用意し、慎太郎の帽子をかぶり革靴を履いていた。後ろから忍び寄ったけれど、手鏡のおかげで気づかれた。逃げる文代に追いすがり、刃物では用が足りず、奪い取った鏡で殴り殺した。慎太郎はおそらく時子のしたことを知りながら、どんな気持ちでいたかはわからないけれど、なにも語らずに自殺した。時子と結婚して家を継いだ洋二郎は、四十年後にそのことに気づいて時子を殺し、自らの命を絶った」

「嘘よ、そんなの！」

先輩の悲鳴のような声。

「なんで四十年も経ってから、洋二郎さんが時子さんを殺さなけりゃならないのッ？」

「それはわからない。動機は夫婦の間のことで、慎太郎と文代のこととは関係なかったのかもしれないし」

でも、とあたしは続けた。

「でもあたし、見たから」

「見たって、なにを見たのよ」

「迷路の真ん中まで来たら、洋館の二階の窓が明るくて、ふたりが影絵みたいに見えた。禿げたお爺さんが白髪頭のお婆さんを石で殴って、ベランダから落とした」

「冗談は止めてよ、奈央。あんたがあそこにいたはずはないでしょッ。いたのは」

「その年初めて顔を合わせた、名前も知らないしどこの子だともわからない、痩せて小さな丸刈り頭の男の子だったでしょう。子供たちのいる部屋を抜け出して迷路に入ろうとしたら、後からついてきてしまった。仕方なくふたりで迷路を歩いて、中心に行き着いたとき館の窓の中に見えた。洋二郎が時子を殺すところが」

「見ていたの、あんたも？」

「見てましたよ。男の子が驚いて、大変だ、人殺しだといって走り出したのを、あなたは後ろから追いすがって飛びかかって」

「違うわ。私にもどうしていいかわからなかったのよ。ただ、ここで騒ぎ立てたら大事になると思ったのに、私が石像の上に置いた手鏡を、あの子が持ってそのまま駆け出して」

「先輩は鏡を持ってきていた。あれを水鏡の代わりにするために？」

「そうよ。あれは時子さんの鏡台から内緒で持ち出したものだから、夜のうちに返しておかなくちゃならない。それをあの子が盗った。行かせちゃ駄目、鏡を返してもらわなくちゃって。そうしたら、あの子が勝手に転んだのよ」

「あの子は鏡の中にあなたの顔を見た。殺されると思った。そんな顔だった。あなたは追いついて、あの子を突き飛ばして、奪い返した鏡で額を思い切り殴った」

「違う、違う、どうして私が、そんなことしなけりゃならないのッ」

「知りませんよ。あたしはただ、自分が見たことをいっているだけです」

「う、そ」

先輩は大きな目を見張ったまま、小刻みに震えていた。

「うそよ、そんなはず、ない。あそこには、私たちしかいなかった」

「そうですね。ふたりしかいなかった。でも、あたしは見た。なぜなら」

「なぜなら？……」

「その子があたしだから」

立ち上がって、笑いながら律子先輩を見下ろした。

「まだわかりませんか？　あたしですよ」

「でも、だって――」

「半陰陽っていうんですって。ヘルマ――プロディット？　別に俗悪じゃない。病気なのかもしれないけど、ものすごく珍しいほどじゃない。生まれたときは男でも女でもなくて、男の子として育てられた。でもずっと、自分はなにか変だ、人と違うと思ってた。分かれ道で、右へ行くか左へ行くか決められずに迷い続けてるみたいな。だから、迷路の真ん中で鏡を覗いてみたら、自分がなにかわかるかもしれないって。うん、はっきりとは思い出せない。子供の力でも、すごいよね。ずいぶんひどい怪我だったらしいもの。ほら、痕があるでしょ。頭蓋骨にひびが入っていたんだって」

あたしはいつもうっとうしいほど顔にかかっている髪を掻き上げて、額の生え際に刻まれた赤い傷跡を出して見せた。

「頭の怪我で入院したときにいろいろ検査して、やはり女として生きる方がいいだろうってことになった。自分で決めたわけじゃない。生まれたときと同じように、周りの大人が勝手にそうしてあたしのことを決めた。自分のことなのにあたしは、他人事みたいにそれを受け入れるしかなかった。ホルモン治療も受けて、学校も変わって名前も変わって、前のことは全部遠くなって、本当に忘れた気でいた。

だけど高校で先輩の顔を見たら、少しずつ思い出してくる。モノクロの線画だった昔の記憶に色がついて、立体になって、動画になる。なのに先輩は、あたしを見てもちっともなにも気がつかない。それが不思議で、やっぱりこの記憶は本当じゃないんだろうか、あたしはまた迷路の中に迷いこんで、堂々巡りを繰り返しているだけなんじゃないかって。

いっそ一言先輩に訊けばいいと思っても、いろんなことが怖くて訊けなくて。だからずーっと機会が来るのを待っていたんですよ。なんでも先輩のいうことを聞いて、それこそ小間使いみたいに。だからほら、旅行の手配とか決めたのは全部あたしだったのに、ちっとも変だとは思わなかったでしょ。そうして先輩とあの迷路まで行って」

「行って、どうする、つもりだったの」

「どうするって、どうしよう。あたしがされたことの分、やっぱりお返しかな」

口を大きく開けて笑うと先輩の顔から血の気が引き、唇が震える。醜い顔だ。その顔を見るともっと笑えた。手にはいつの間にか、ずっしり重い銀の手鏡。縁はよく見ると傷だらけだ。これが凶器として使われたのは、二度だけではなかったのか。

古びた鏡に顔が映っている。これもすごく醜い、大嫌いな自分の顔だ。いままでずっと目を背けて忘れようとしていたけれど忘れられず、いつも決まって目の前に立ちふさがってきた。先輩の顔、あたしの顔、どちらも歪んだ醜いふたつの顔。すべては鏡の中の影。どこまでも自分だけが続く影の迷路、魔女の鏡。映すのは必ず殺意、憎悪と絶望。それが魔女の凶眼、イーヴル・アイ。迷路の中で自殺した明治時代の小間使いも、本当はイギリスの魔女に呪われて殺されたのかもしれない。ベランダに立てば迷路の中心が見える。ふたりの視線が出会う。魔女が暗い目をして「死ね」と命ずる。

けれど、声が聞こえた。あの、銀髪の老婦人の声が。

「魔女も呪いもありません。すべてはあなたの思いの中にだけある。鏡に映るのもそれ。あなたが魔女であることを望むなら、あなたは魔女になるでしょう。あなたがいるのは分かれ道。どちらに向かうか決めなくてはなりません」

「あたしが、決められるの？」

「あなたにしか、決められないのですよ」

あの迷路の夜が自分を変えたと、思っていた。先輩が頭に打ち下ろした一撃が。なぜそんなことが起きたのか問いただしたかった。でも、いまそこで目を見開いて震えている醜い、若い娘は、これまで味わってきた苦痛と迷いと惑乱には、まるで釣り合わない。いまさら尋ねるまでもなく、彼女にはなにもわかってはいない。ただそこに、この持ち重りのする古い手鏡があったのだ。あまりにも凶器に頃合いの。

迷っていた。自分がなんなのかわからなかった。生まれてからずっとあの迷路の中で、曲がり角ごとに迷いながら、堂々巡りを繰り返して、もしかしたら、生まれる前からずっと。男でも女でもない。男にも女にもなれない。それならいっそ魔女になりたかった。人を呪い、一瞥で人を殺せる魔女に。

「殺せますか、あなたに？」

「殺せます」

答えた。先輩をではない。迷い続けた空っぽの自分自身を、殺して跡形もなく葬り去る。やっとわかった。自分はそのためにここにいるのだ。もう、迷わない。迷うための分かれ道もない。重い銀の手鏡は、手の中で鋼色の刃に変わる。迷いを映すのではなく、それを断ち切るための凶器に。振り上げて振り抜けば、すべて終わる。

「見届けてください」

銀髪の老婦人が、こちらをじっと見て微笑んだ。

「よろしゅうございます。承りました」

銀色の閃光（せんこう）が、力を込めてつぶった目の中の闇を縦に裂いた。

　高く耳障りな音を立てて、鏡が割れた。

　破片となって散っていくもの、そこに映った女たちの横顔。怒りに、憎しみに、妬みにゆがみ凍りついた顔たちが、粉々になって消えていく。もう、見えない。

　そして気がつくと、独り日曜日の東京の午後の賑（にぎ）わいの中に立っていた。知らない街ではない。大学からも沿線続きの、見慣れた商店街だ。でも、自分はここでなにをしているのだろう。

『万国古物取扱　銀猫堂』

　流木のような朽ちかけた板に、刻まれた古風な字体の看板が思い浮かぶ。その店を訪ねた、なにか用があって。でも、その用事が思い出せない。住所の書かれたカードがあったはずだと思ったのだけれど、ショルダーバッグにも、財布の中にもそんなカードは見つからず、するともう、すべてが夢の中のことだった気がしてくる。

　軽かった。空っぽだった。頭も身体も紙風船みたいにふわふわした。そして全身に感ずる違和感。スカートの長すぎる裾が脚に絡んで、ひどく気持ち悪い。どうしてこんなもの。髪を切って、もっと動きやすいものを着たい。駅に向かって歩き出そうとしたら、まだなにか忘れている気がした。

待ち合わせの約束。どこか、ここからそう遠くないところで。誰と。大学の先輩。けれどその人の名前も顔も、ぼんやりかすんでいる。自分はちっともその人と、会いたくないんだと思った。なのに無理をして、我慢して、おとなしく従ってきた。どうして？　馬鹿馬鹿しい。すっぽかしたら怒られるだろうけど、かまわないじゃないか。

ショウウィンドーのガラスから、いやに見慣れない顔がこちらを見る。ずっと、自分の顔を見るのが嫌いだった。いつも後ろ向きで、いまの自分から目を背けて、過去ばかり見ていた。人と比べて自分がひどく醜く思えたからだ。

鏡は、怖かった。

見てはならないものが映る気がした。

でもかぶさる前髪を搔き上げると、現れた顔は格別美しくもないが、耐えがたいほど醜いということもない。傷跡だってほとんど目立たない。

なんだかもういい。いまはそう思える。なにもかも。忘れたらしいことは、そのまま忘れてしまおう。

――本当に？

鏡の中の自分が訊く。迷ったのは一瞬だった。

――そう、本当に！

それきりきっぱりと踵を返して、駅に向かって歩き出した。足取りは、不安になるほど軽やかだった。

女の一生

新津きよみ

新津きよみ（にいつ・きよみ）
長野県生れ。１９８８年『両面テープのお嬢さん』でデビュー。著書に、『ふたたびの加奈子』『フルコースな女たち』『父娘の絆　三世代警察医物語』『夫以外』『神様からの手紙　喫茶ポスト』『二年半待て』（徳間文庫大賞２０１８受賞）『始まりはジ・エンド』『セカンドライフ』『ただいまつもとの事件簿』『妻の罪状』などがある。

1

　三本電車を見送った。早く着きすぎてしまった。空いていたベンチに座る。朝の通勤通学時間帯。ピークを過ぎたころだろうか。ベンチにはわたしのほかには誰も座らない。座って休む暇などないのだろう。誰もわたしのことなど気にしないから、気がらくではある。

　ホームの時計を見て、腕時計も見る。

　次の電車だ。大きく息を吸って、長々と吐き出す。

　もうこの世にはいない父母の言葉が脳裏に浮かんでくる。

　――人さまに迷惑をかけるような生き方をするな。

　――人の迷惑にならないようにね。

小さいころから両親にそう口すっぱく言われて育てられたせいか、わたしは何をするにも、自分の存在が誰かの邪魔になっていやしないか、自分の行動が誰かのそれを妨げてはいないか、つねに人の目を気にする小心者になってしまったようだ。その一方で、両親のそうした考え方に反発して、心の底では違う生き方を追い求めていたのだろう。

ふたたび時間を確認して、わたしは席を立った。

2

人生、どこでどう間違ったのか。いま振り返って考える。たぶん、何が正解で何が間違いかなど、誰もわからないのだろう。人生に答えはない、という名言があったような気がする。

けれども、何かを決めるときに迷うことはある。いや、人生、迷うことだらけ、と言ってもいいかもしれない。

たとえば、学校で受けるテスト。設問を前にわたしは首をひねる。答えが二つのうちどちらかまでは絞られる。が、どちらなのか。AなのかBなのか。Aを選ぶと、Aを選ばなかった自分が気になり、Bを選ぶと、Bを選ばなかった自分が気になる。選ばなかったほうが正解なような気がするのだ。

たとえば、歩いていて、道の先が二股に分かれているとする。右へ行くか。左へ行くか。二つの選択肢があり、わたしは迷う。どちらかを選ばなくてはならない。判断する時間はそう長くは与えられていない。右を選ぶ。と、左を選んだ自分が気になる。左を選んだほうがよかったのではないか、より多くの幸せが待っていたのではないか、と思ってしまう。だが、左を選べば、今度は右を選んだ自分が気になって仕方ない。左を選んだ途端、右のほうがより輝いて見えたりするからだ。

同時に両方選ぶことはできないのだから、どちらを選んでも満足できずに後悔するのは同じかもしれない。

だから、わたしはこう考えることにしたのだった。

――選ばなかったほうを選んだもう一人の自分が、もう一つの世界で幸せに生きている。

そうやって、どんな困難にぶつかろうとも、どんな苦境に陥（おちい）ろうとも、もう一つの世界に生きるもう一人の幸せな自分を想像することで、人生を切り抜けてきたのだった。

そう……現実に生きるわたしは、あまり幸せとは言えない。いや、はっきり言って、不幸だった、と言い切ってしまってもいいだろう。

少なくとも、結婚するまでは、平凡な人生だと思っていた。平凡な家庭に生まれ、平凡な容姿と平凡な頭を持って生まれてきたのだから、平凡な人生であたりまえだし、そのことに別に不平も不満も感じないでやってきた。

短大を卒業して、就職窓口で斡旋された会社に入り、四年目に友達に紹介された男性と交際した。体格がよくて笑うと目が細くなる彼の外見からは、「やさしくて力持ち」という印象を受けたし、小さなことを気にしないおおらかな性格に思えた。

結婚して夫となった彼は、おおらかというより大雑把な性格だということがわかった。家の中の整理整頓は妻任せで、食べるものや着るものにも頓着しない。家事に細かく口出しをされないだけいいのかもしれない、と思いはしたけれど、脱ぎっぱなしの靴下を見るのは嫌なので、「汚れものは洗濯機に入れて」と頼んだ。そのときは「わかった」と言ってやってくれても、時間がたつともとに戻ってしまう。

子供ができるまでは共働きだったが、出産後、わたしは会社を辞めた。当時、わたしが勤めていた会社は、出産した女性が安心して働けるような環境の整った職場ではなかったのだ。

家事をほとんど手伝わない夫のもとでの育児はそれなりに大変だったけれど、「イクメン」などという言葉も生まれていない時代である、専業主婦だから仕方ないか、という諦めの気持ちもあった。昼間育児に追われて疲れ果て、夜遅くに夫が帰って来たときに満足いくような夕食が用意できていなくとも、夫はふてくされたり、怒ったりするようなことはなかったからありがたかった。

――おおらかではないけれど、細かなことをいちいち気にしないでくれる。

そんなふうに夫の性格を分析していた。が、最初の違和感に襲われたのは、静岡の夫の実家へ子連れで帰省する新幹線の中だった。

生後半年の息子が車内でぐずった。おむつが濡れているのかもしれない、と取り替えたが泣きやまない。お腹がすいているのかもしれない、とミルクを与えても泣きやまない。抱いてあやしたが、さらに泣き声は大きくなる。

後ろの席のサラリーマンらしき男性の舌打ちが聞こえたときだった。

「泣きやませろよ。まわりに迷惑じゃないか」

と、夫が低い声だが強い語調で言った。

「そんなこと言われても、わたしだって理由がわからないし」

立ってあやしながら、音の出るおもちゃで気をそらせてみても、一時的に泣きやむものの、ふたたび激しく泣き始める。

「一体、どうしたんだよ。何で泣きやませられないんだよ」

妻を責めるだけで自分は抱きあやそうともしない夫に腹が立って、「じゃあ、あなた、泣きやませてよ」と子供を渡そうとしたら、夫は〈子供をあやすのは自分の仕事じゃない〉と言わんばかりに身体を引いた。

「まったく、ぎゃあぎゃあうるさいなあ」

どこかで乗客の苛立(いらだ)ったような声が上がり、それにまた舌打ちが続いた。

そのとき、夫の太い腕が真っ赤になった子供の顔に伸びて、大きなてのひらが柔らかく小さな唇を塞いだ。

むぎゅっという異質な音が小さな唇から漏れ出て、泣き声がとまった。

「何するの！」

仰天(ぎょうてん)したわたしは、夫の手を払いのけた。

「泣きやまないからだよ」

言い返す夫の顔も子供の顔と同じくらい真っ赤に火照っている。

わが子を守りたい一心で、火がついたように泣く子供を抱きかかえると、デッキに逃げ出た。あのままではこの子は窒息死したかもしれない。そう思うと恐怖で胸が締めつけられ、涙がこぼれ落ちた。

「ごめん。悪かったよ」

夫はあとであやまりはしたが、そのときわたしは彼の本性を見た気がした。

——まわりに迷惑じゃないか。

そのひとことが鼓膜にこびりついて離れない。そうか、営業職の夫は外面がよく、体裁を取り繕う面があるとは思っていたが、家の中では気にならないことでも、外では人の目を異様に意識してしまい、体面を重んじる性格なのだ。

自分のことなら許せる。だが、ひ弱な赤ん坊なのである。守ってやれるのは親しかいない。

——すみません。うるさくしてしまって。でも、赤ん坊が泣くのはあたりまえじゃないですか。しばらく我慢していただけませんか？

わたしたちが子育てをしていたころは、小さな子を持つ親に対して社会が寛容で温かな目を持っているとは言いがたい時代だったかもしれない。それでも、わたしは夫にそう言ってほしかった。わが子をかばってほしかった。

子供が一歳になり、ベビーカーを押して家族で外出したときも、夫との価値観の違いを痛感させられた。電車の中では「ベビーカーは畳んでお乗りください」と、当然のようにアナウンスされていた時代である。電車に乗るときはわたしが子供を抱いて、夫がベビーカーを畳んで運び入れた。

次の駅で、ベビーカーに子供を乗せたまま乗って来た茶髪の若いママさんがいた。まわりの乗客の注目を浴びていたが、そのママさんは平気な顔で、ベビーカーの中の赤ちゃんに笑いかけていた。

「ああいうの、非常識だよな」

と、夫がわたしの耳元でささやいた。「ベビーカーは畳まなくちゃな」

「あら、彼女は一人だもの。子供を抱いて、肩にベビーバッグをかけて、ベビーカーも畳んで持ったら重くて大変じゃないの。欧米ではベビーカーのまま乗るのは普通の光景みたいよ」

「だけど、場所をとってまわりが迷惑じゃないか。ここは日本だし、そういうルールだし」

「だから、おかしなルールは変えたほうがいいのよ。わたしたちが声を上げて、子育てしやすい社会に変えていく努力をしないと」

わたしは、自分の考えを一生懸命訴えたけれど、「そうかな。だったら、こんな混む時間に子連れで乗らなければいい。抱っこ紐にしてもいいわけだし」と、夫はピントのはずれた言葉を返してきた。

混雑する時間帯に小さな子供と一緒に電車に乗らなければならないときもある。足腰を痛めていて子供を抱っこできないときもある。そういうケースに思いが及ばない夫は想像力の乏(とぼ)しい人間なのだ、と気づいた瞬間だった。

人さまに迷惑をかけないように、が口癖だった父親とは正反対の男を夫に選んだつもりだったのに、正反対なのは体格だけで、根っこの部分は同じだったとは皮肉な話だ。

それでも、生活をともにするのが苦痛というほどではなかったし、主婦のわたしがかぜをひいて家事ができないときには、台所に立つまではしなくとも、お弁当を買って来る気遣いは示してくれたので、多少の不満には目をつぶることにしたのだった。

3

あれは、子供が二歳の誕生日を迎える直前のできごとだった。

休日で、夫も家にいた。休日出勤が続いていた夫にとっては久々の休みで、疲れてソファで横になっている夫を見たら、「この子を公園に連れて行って」とはとても言い出せない雰囲気になり、子供を自転車の前のシートに座らせて、スーパーに買い物に出かけた。

住宅街を通り抜けようとしたときだった。一軒の家の開いた門扉からいきなり白いふわふわしたものが飛び出してきた。と同時に、家のほうから女性の高い声が聞こえてきた。

——小犬だ！

そう気づいて避けようとした瞬間、ハンドルを握っていた手が滑り、バランスを崩した。自転車は横倒しになった。

その瞬間、わたしは子供の名前を叫んだと思う。そのあと病院で意識が戻るまでの記憶が失われているから、脳しんとうを起こしたのだろう。

わが子は転んだ拍子にコンクリートの道路に頭を強く打ちつけ、意識不明の状態が何日も続いた。五日目に意識が戻り、よかった、とホッとしたのもつかのま、容態が急変して帰らぬ人となった。死因は脳挫傷（のうざしょう）だった。

――母親のわたしの不注意で事故に遭わせ、命を落としてしまった。

悲嘆に暮れたわたしは、自分を責めた。

夫の嘆きようも激しかった。自身も深い悲しみと自責の念の中にいながら、〈この人はこんなにも子供好きだったのか〉と、どこか冷めた目で見ている自分が不思議だった。当然のように、夫の悲しみは怒りへと形を変え、その矛先（ほこさき）は妻であるわたしに向けられた。

全面的にわたしが悪い。非難の言葉にうなだれながらも、〈本当にそうだろうか〉という思いが頭をもたげた。「本当にあなたが全部悪いの？」というもう一人の自分の声が聞こえてきたのだった。

「あの日、あなたは休みで家にいたじゃない。あなたがあの子を見ていてくれたら」

葬儀を終えたある日、思わずひとこと夫に言い返したら、

「何だよ、俺のせいだって言うのか！　おまえってやつは」

と怒鳴られ、殴られた。

その夜、夫は家を飛び出して、朝まで帰って来なかった。

一人になると、もう一人の自分の声がより鮮明に聞こえるようになった。

――あのとき、あの家から小犬が飛び出してこなかったら、あの子は命を落とすようなことはなかった。

小犬を屋内で飼っている家人の監督責任は問われないのだろうか。あの日、門扉は開いていた……。

翌日、問題の家の前まで行ってみた。小犬が飛び出すのと同時に、家のほうから女性の高い声が上がったように記憶している。あれは、飼い犬の名前を呼ぶ声ではなかったか。

「高梨（たかなし）」と彫られた表札がある。

呼び鈴を押すと、まさにその白い犬を抱いた三十代くらいの女性が顔を出した。

「お宅の家の前で事故を起こした者ですが、お宅のその犬……」

言いかけると、女性は険しい顔つきになり、飼い犬を家の中に戻して自分だけ表に出て来た。玄関ドアの向こうで甲高い犬の鳴き声がしている。

「あのとき、急に飛び出してきましたよね。それで、わたしは驚いて、犬を避けようとして自転車ごと倒れてしまったんです。それで、わたしの息子は……」

「言いがかりをつけないでください」

と、女性は叩きつけるように言った。「うちのロンが何をしたって言うんですか？ 誰か目撃者がいるんですか？ 何か証拠があるんですか？」

即座に「目撃者」や「証拠」という言葉が出てきたことで、ああ、この女性はやましい気持ちを抱えてはいるのだろう、と思った。

「ロンちゃんというんですか。ロンちゃん、あのとき飛び出してきましたよね」

ただ認めてほしかった。そして、謝罪してほしかった。

「そんな事実はありません。言いがかりはやめてください」

ところが、彼女は認めずに、玄関に引っ込むとぴしゃりとドアを閉めてしまった。

警察に話したらどうなるだろう。裁判を起こしたらどうなるだろう。治療費とか損害賠償金、慰謝料などを請求する案件へとつながるのだろうか。

自分が何を望んでいるのかわからなかった。

夫に相談する考えは少しも浮かばない。大きな喪失感から逃れるためか、夫は仕事に没頭していて、家に帰っても機械的に食事し、寝るだけの日々を続けていたし、夫婦の会話など皆無の状態だったからだ。

そんなとき、実家の父が倒れたと連絡があった。

4

秩父の実家には、両親と兄の家族が住んでいた。わたしより結婚の早かった兄には子供が三人もいて、兄夫婦は共働きをしていた。まだ定年前の父も会社勤めをしていたが、脳梗塞(のうこうそく)で倒れたため、パート勤めの母が病院通いをすることになり、人手が必要になったのだ。

わたしは、母と交替で病院に通った。三か月後に父は退院し、自宅介護が必要な身になった。そこへ夫から離婚届が送られてきたので、署名捺印をして送り返した。自宅にしていた賃貸アパートの荷物の片づけや各種書類の手続きなどのために一度夫に会っただけで、その後は直接顔を合わせてはいない。

自宅での介護は想像していたよりも大変だった。定期的にリハビリに通うのに運転免許を持っているわたしが車を出さなくてはならない。母はもともと身体が弱く、小柄な体型で体力もなかったので、下半身に麻痺(まひ)の残る父の身体を支えてトイレに連れて行ったり、入浴させたりするのもわたしの役目になった。

台所仕事はおもに母がしていた。ある日、味噌汁の鍋を火にかけていた母が父に呼ばれた。あいにくわたしは表にいて、落ち葉を掃き集めていた。あわてた母は、身につけていた衣類の一部をうっかり鍋に引っかけてしまい、鍋がひっくり返って、煮立った汁で右手に火傷（やけど）を負った。

母はしばらく右手が使えない状態になり、さらには、小学四年生になる兄の長男が野球をやっていて、足を骨折して入院してしまった。会社勤めの兄夫婦にかわって、見舞い、病院への届けもの、父の介護、食事のしたくや洗濯などの家事、とわたしの仕事は一気に増えた。が、忙しくしていたほうが気が紛れる。その時間は、亡くなった息子のことを忘れていられる気がするからだ。

しかし、ある日、兄嫁と兄との会話を立ち聞きしてしまった。

「ねえ、和子（かずこ）さんが来てから、何だか悪いことが続いている気がしない？」

「どういう意味だよ」

「だって、お義母さんは火傷をするし、あの子は足を骨折するし。もとはといえば、不幸の始まりは和子さんが起こした事故でしょう？　自転車事故で子供を亡くして、離婚して、お義父さんが脳梗塞で倒れて。まるで不幸の連鎖じゃない。不幸って伝染するんですって。何かに書いてあったわ」

「そんな話よせよ。信じるなよ」

「迷惑千万な話よね。わたしだって信じたくないわ」

兄嫁が発した「迷惑千万」という言葉が、また耳朶（じだ）に残った。わたしは、そんなに迷惑な存在なのだろうか。家族の役に立っていると思って、精いっぱいがんばってきたのに。

しかし、実家を出ても、行くあてはない。

——あのとき、もう一本違う路地を自転車で走っていたら……。

わたしは、違う路地を選んだもう一人の自分——現実の自分とは別の幸せな道を歩んでいる自分を想像することで、苦しくてつらい現実から逃れようとした。そうやって、実家で兄の家族と同居しながら、これが自分の務めだと胸に言い聞かせて耐え忍んだ。

三年後、父はふたたび脳梗塞を起こして亡くなった。実家の土地屋敷の遺産相続を放棄するかわりに、父の預貯金の二百万円をもらって、実家の近くにアパートを借りた。兄嫁の冷たい視線を浴びながら生活するのは限界だった。何とか自分の糊口は凌げるだけの仕事も探した。それでも、甥や姪の学校行事には兄嫁のかわりに叔母として出席したり、実家の頼まれごとは二つ返事で引き受けたりするなど、できるかぎりの貢献はしたつもりだ。

それから十二年後に母が関節リウマチを発症し、介護が必要な身体になったときには、時間の許すかぎり介護のために通った。

母が亡くなると、全身の力が抜けた。それまでも、苦しいとき、つらいときは、

「もう一つの道を選んだもう一人の幸せな自分」を想像することで切り抜けてきたが、想像の世界から現実に引き戻されたときの落差に頭がくらくらし、いっそう気分が落ち込むことが多くなっていたのだった。

新聞記事や雑誌記事の中で自分より不幸な人を探しては安心感を得ようとしている自分に気づいて、結局、人間は、人との比較の中でしか自分の幸せを実感できない生きものなのだとわかった。

——もう虚(むな)しいだけの想像の遊びはやめよう。

現実に目を向けるのだ。失うものは何もない。したがって、恐れるものなどもない。一人になろう。孤独になろう。わたしは、もうこの地を離れようと決心した。向かう土地は決まっている。

5

栃木のその物件に空きが出るまで一年待った。1DKのアパートに移り住み、近くの食品工場で仕事を見つけた。シフト制で、夜間の勤務も昼間の勤務もある。

この地での楽しみは、夜通しの勤務を終えて、早朝アパートに帰る途中、河川敷をゆっくり散歩することだった。缶ビールを二缶買って家へ向かう。河川敷に青いビニールシートで覆われた小屋がいくつか建っていて、その一つに自分と同世代くらいの男性が住んでいる。いつだったか、その彼が外に出て子供用の古ぼけた椅子に座っていたので、「こんにちは」と声をかけてみた。

男性は驚いたような表情を向け、誰だったかな、と思い出すしぐさで首をかしげた。その目の輝きを見て、〈この人は、昔は普通の暮らしをしていた人だったのだ〉と直感した。それで、「これ、飲みませんか?」と缶ビールの一つを差し出したのだ。男性は、警戒するふうでもなく受け取り、「これはどうも、ありがとうございます」と礼を言った。

それがきっかけで、勤務帰りに会話をするようになった。いつも手みやげは缶ビールだ。

男性は、やはりわたしと同世代で、かつては製薬会社に勤めていたという。妻子もいた。浮気がもとで妻に離婚を求められ、離婚に応じると同時に家も渡した。家を失った男性は、アパートを借りて、住宅ローンの返済をしながら仕事を続けたが、身体を壊してしまい、退職せざるをえなくなった。住宅ローンの返済が滞ったことで元妻から責められたが、どうしようもない。家は売却してもらい、元妻には子連れで実家に帰ってもらった。

身体を壊した男性は、転職したばかりの会社も辞めることになり、アパートにも住めなくなって、家賃を滞納したままそこを出た。しばらくは友人の家やカプセルホテルを転々としたが、それも続かなくなって、ここに流れ着いたという話だった。日雇いの仕事をしてはいるが、肺に病を抱えているため、実入りのいい肉体労働はなかなかできないという。

「病気なら、行政の支援を受けたほうがいいのでは?」

男性の身を案じてそう勧めたけれど、「行政からきょうだいに連絡がいったら困るから」とかぶりを振る。「兄は、人が聞けば驚くような大企業に勤めていてね。かなりのポストに就いている。姉の夫も官僚だし、妹の夫は警察官。親族の一人にこんな薄汚いホームレスがいるとわかったら、迷惑がかかる。自分はここでひっそり暮らしていたほうがいいんだよ」と言う。

そういう事情があるのなら仕方ない。わたしは、それ以上強くは勧めなかった。

「わたしも一人なの。わが子を失って、夫に愛想を尽かされて、実家とも縁を切ったの。ずっと友達でいましょう。飲み友達で」

だから、簡単に身の上話をすると、そんなふうに約束して、勤務帰りに缶ビールを手みやげに渡すだけの浅いつき合いを続けていたのだった。

ある日、小屋をのぞくと、彼の姿はなかった。どこに行ったのだろう。久しぶりに仕事が入ったのか。

次のときにのぞくと、小屋の中で、彼は海老のように身体を丸めて横になっていた。咳き込んでいて、顔色が悪い。

「大丈夫?」

声をかけると、「ああ、大丈夫」とのっそりと起き上がる。

「このあいだはどうしたの?　仕事?」

「あ、いや、ちょっと外に出たらめまいがして、そこの公園で寝ていたんだ」

「じゃあ、今日は缶ビールより栄養ドリンクね」

缶ビールを差し出しながら言うと、

「やっぱり、缶ビールがいいね」

と、彼は受けて笑った。

「うちに来ない?」

「えっ?」

「安心して。おかしな意味じゃないわ。狭いアパートだけど、ここよりは雨露が凌げると思うから。ハイツ市川っていうアパートよ。名前にあるとおり、市川さんが大家なの」

「だけど……」

「あんまり具合よくないんでしょう?　ちゃんとした部屋で、柔らかいお布団の上で休んだほうがいいと思うよ。お風呂にも入って」

「それはありがたいけど」

急な誘いの言葉に、彼は戸惑っているようだ。

「いつでも使ってよ。冷蔵庫にはビールも食べものもあるし、テレビも自由に観(み)ていいわ」

わたしは旅に出るから、と心の中で続けて、アパートの鍵を彼に渡した。

機は熟した。

6

そして、いま、わたしはこうして駅のホームに立ち、電車を待っている。

いままでの人生を振り返って、わたしの人生って何だったのだろう、と考える。結婚もしたし、子供も産んだ。けれども、何もかも失った。いまは、帰る家も失った。名前も知らないホームレスの男にアパートの鍵を渡してしまった。

「まもなく電車が入ってきます」

アナウンスが流れた。

胸の高鳴りが激しくなり、脈拍が速くなるのがわかる。

ふっと、視野の左隅に黒い影が映り込んだ。顔をそちらに振り向ける。スーツ姿のサラリーマンがすぐ隣に立っている。同世代だろうか。こわばった横顔を見て、すぐに自分と同類だとわかった。

電車がホームに滑り込んでくる。

男の身体が動いた。

わたしは息を呑んだあと、小さく叫んだ。

7

あの、すみません。この先の駅で人身事故があって、電車が大幅に遅れそうなんです。

ええ、そうです、遅延です、遅れます。

ついいましがたなんで、まだいつ運転再開するのかわからなくて。すみません、こんな大事な日に。

ほんと、いい迷惑ですよね。まったく、こっちの都合も考えてくれ、ですよ。月曜日のこんな大事なときに。

ええ、契約書は手元にあります。バイク便で届けたいんですが、いまは何とも身動きできない状態で。

ええ、そうなんです、駅と駅のあいだでとまったんで、電車から出られないんですよ。缶詰状態です。

本当に、いま、さっき、ついさっきです。誰が飛び込んだのか……。

大勢の人に大迷惑をかけて、一体、何を考えているんだか。朝のこんな時間帯を選んで飛び込まなくてもよさそうなものなのに。

まわりもみんな、ケータイかけてます。みんなそう言ってます。迷惑な話だ、ってね。

8

「お母さん、どうしたの？　こんなに朝早くに」

高梨明美が電話に出ると、栃木の実家の母からだった。明美の頭の片隅には、つねに離れて暮らしている高齢の両親のことがある。早朝にかかってくる電話には敏感にならざるをえない。

「それがね、大変なの」

八十歳になる母は、興奮した口調で言った。「週末あたりから、『変な臭いがする』

とは言われていたんだけど、けさ、うちの202号室をのぞいたら、鍵がかかってなくて、中で男の人が死んでいて、お布団に変な形の染みがあって、ウジ虫がいっぱいで……」

「死んでいたって、どうしてなの？」

　言葉が切られたあと、母の泣き声が続いたので、明美は苛立って問うた。

　明美の実家は代々地主で、両親が所有する敷地にアパートを建てて経営している。ゆくゆくは、結婚して実家を離れている一人娘の明美が相続することになっているので、アパートの管理には関心を持っている。

「それが、どうにもわからなくて」

「わからないって、部屋の住人なんでしょう？　誰なの？」

「だから、わからないのよ。そこに住んでいるのは、田中和子っていう女性のはずなんだけど」

「田中和子さんの知り合いなんじゃないの？」

「さあ、どうなのか……」

　歯切れの悪い返答に、明美は苛立ちを募らせる。

「とにかく、警察が来たり、人も集まって来たりで大変な騒ぎなの。きっと、新聞にも載るわ」

「誰かに殺されたの？　自殺なの？」

そうだとしたら、大ごとである。殺人事件も自殺も、事故物件の対象になる。いや、病死だとしても同じだが。

「そういうのはこれから調べるみたいだけど、とにかく部屋が汚くて、ものすごい臭いで、これからこの部屋どうしたらいいか。もう借り手はつかないんじゃないかしら。どうしよう。明美、助けてちょうだい」

「わかった。すぐに行くから」

電話を切って、大きなため息をつくと、「まったく、いい迷惑だわ」と、明美はつぶやいた。

9

田中和子は、呆然としながら駅の階段を下りた。

――あの男に先を越されてしまった。

男の身体が動いた瞬間までは憶えているが、そのあとの記憶はあいまいだ。予想外のできごとに身体が凍りついたようになり、記憶が飛んでしまったのかもしれない。頭の中では何度もホームから飛び降りるシミュレーションを重ねてきた。腹はくくっていたつもりだった。

ところが、現実にその場面を目の当たりにしてしまうと、恐ろしさで身体がすくんでしまった。怖気（おじけ）づいたということか。

人に迷惑をかけないように、人の役に立つように、と心がけて歩んできたつもりの人生だった。それなのに、すべてを失った。

もう失うものはないから、と自らの命を投げ出す覚悟も決めていた。

――最後くらい、彼らに迷惑をかけてやろう。

そう考えて、何年もかけて練った計画だった。いわば、復讐（ふくしゅう）だった。

わが子の事故死のきっかけを作った小犬の飼い主の高梨明美。

彼女の両親が栃木でアパートを経営していることは、近所のうわさを聞き込んでわかった。アパートの一室が空くまで根気よく待った。その部屋で殺人事件でも起こしてやろうかと考えたが、そんな度胸はなかった。その部屋で自分が野垂れ死にするのもしゃくだった。それで、ホームレスの男と知り合い、彼に部屋を譲ることを計画したのだった。見たところ、肺に病を抱えている彼は、そう長くは生きられそうになかったからだ。

ホームレスの彼に鍵を渡して家を出たあと、和子は、元夫の身辺を探った。再婚した彼が住んでいる場所や通勤に使う路線や最寄り駅は、あらかじめ調べて知っていた。

さらに調べたかったのは、元夫が毎朝何時何分発の電車に乗るか、だった。十日間、彼の行動パターンを調査し、駅までいまの妻が自家用車で送ることもわかった。元夫が乗り降りする駅のいくつか先の駅を、和子は選んだ。そこで事故を起こせば、後続の電車がどのあたりで停止するかも計算した。

計画はすべてうまくいったはずだった。

しかし、和子とまったく同じことを考えていた男が、今日、その瞬間、同じ場所にいたのだった……。

駅前に出ると、バス乗り場にもタクシー乗り場にも長い行列ができている。一つの路線しか走っていない街である。ロータリーには連絡を受けて迎えにきたらしい車も連なっている。その車列の最後尾とバスのあいだをめがけて、一人の男が走って行く。青ざめた男の顔を見て、和子はぎょっとした。どこかで見た顔だ。ホームでわたしのすぐ左隣にいた男ではないか。

——彼は、電車に飛び込んだのではなかったの？

似ているだけで、別人だろうか。

背筋を悪寒が這い上る感覚に襲われていると、

「電車、ストップしてるの？」

「人身事故だって」

「女の人がホームから飛び降りたんでしょう?」

それらの会話が耳に入ってきた。

——女の人?

和子の顔から血の気が引いた。まさか……いや……やっぱり……あれは、わたしだったのか。男のほうが、わたしに先を越された形になった? 気勢をそがれた男は、すんでのところで自殺を思いとどまり、われに返ると怖くなって、こうして駅から逃げ出て来たのではないのか。

しかし、飛び降りたのがわたし自身だったとしたら、いまここにいるわたしは、一体何者なのだろう。

——ああ、そうか。

少し考えて、思い至った。わたしが選ばなかったもう一つの道を選んだ、もう一つの世界で生きている自分。それが、いまのこのわたしなのではないか。だとしたら、そのわたしは幸せなわたしのはずだ。可愛い子供がいて、理解のあるやさしい夫がいて、笑顔のあふれる温かい家庭を持って、幸せに生きてきて、いまも幸せに生きているわたし。そのことに、和子は気づいた。

もう迷う必要はない。

——どの道を進もうと、わたしは必ず幸せになるのだから。

和子は、口元に笑みを浮かべながら、足の向くままに歩を進めた。

迷蝶

柴田よしき

柴田よしき（しばた・よしき）

東京都生れ。１９９５年『ＲＩＫＯ　女神（ヴィーナス）の永遠』で第15回横溝正史賞を受賞し、デビュー。著書に、『ワーキングガール・ウォーズ』『やってられない月曜日』『青光の街（ブルーライト・タウン）』『猫は毒殺に関与しない』『さまよえる古道具屋の物語』などがある。

1

「今日は出ませんか」

　背後から声がかかって孝太郎(こうたろう)が振り向くと、そこに立っていたのは一人の男だった。


歳の頃は自分と同じ、還暦を過ぎたあたりだろうか。首から下げているカメラはNikon D500、この春に発売になったばかりの上級機種だ。本体だけで十八、九万円はする。服装はごく平凡に、くたびれたチノパンツとコットンシャツ、そして仲間内では必須のカメラマンズジャケット。小さなポケットがたくさん付いているので、外したレンズキャップを仕舞ったり、予備のカメラバッテリーを入れておくのに便利なのだ。

「今のところまだ出てくれませんね。わたしは九時頃から待ってるんですが」

「日によって違うんでしょうかね」

「どうでしょう。今日はちょっと気温が低くて涼しいし、曇りですからねえ」

「南国の蝶はやはり太陽が好きですか」

男は笑いながら、土手を指さした。

「わたしちょっと、歩いて探してみます」

孝太郎は片手をあげて男に挨拶し、花壇の前のベンチに腰をおろした。ぼちぼち昼時、朝食をとらずに出て来た孝太郎は、空腹を感じていた。

デイパックから小さなあんパンが三個入った袋を取り出して開けた。駅前にあったスーパーで買ったので、缶コーヒーとあんパンで百円玉二つでお釣りが来た。やはりスーパーはコンビニよりもだいぶ安い。

糖質ばかりの健康に悪そうな昼飯だ。だがもう、特に健康に留意して長生きしたい、とも思っていない。

孝太郎はパンをかじりながら、ぼんやりと、花壇に植えられた花々を飛び回る小さな虻を眺めていた。

定年まであと二年、まさかそんな時期にリストラされるとは思ってもみなかった。飼い殺しにしておいても二年経てば追い出せる人間の机と椅子まで奪わないとやっていかれないほど、会社が追い詰められているとは思えなかった。だが、会社がおまえはもういらないと言うのだから、じたばた抵抗してもしかたないと思った。勤続年数が二年減れば退職金もその分減ってしまうが、その分は穴埋めしてくれると言われ、その他に特別手当もいくらかつけるから、と、頼み込むような口調で人事部長に説明され、孝太郎はうなずいていた。差引きで計算すれば、抵抗してあと二年しがみついていたほうが合計収入は多くなる。が、その金を得る為には、二年間の針の筵を覚悟しなくてはならないのだ。

前倒しで年金を支給してもらえば、生活ができないというわけでもない。わずかではあるが貯金もある。三十年以上の団地生活で住宅ローンもないし、妻は二年前に癌で死んだ。爺さんの一人暮しに、さほどの金はかからない。

仕事を辞めたこと自体には、特に後悔はない。

ただ、退屈、という言葉を実感した。

初めの二ヶ月くらいはやることもあった。退職手続きしたあと、いちおうハローワークにも通ってみたし、退職の挨拶葉書を出してみたりもした。けれどすぐに何もやることがなくなった。それまで週に一度行くか行かないかだったジム通いを週に二回に増やしてみたり、公園の鳩に餌やりをしてみたり。だがそんなことでは、退屈だと思う気持ちを払拭できなかった。

何かしよう。趣味を持とう。

インターネットをだらだらと眺めて、思いつくままに検索して、何かないか、と一ヶ月ほど探した。そしてやっと、自分にもできそうな趣味を見つけたのだ。

蝶の写真を撮る。

孝太郎は中学、高校と生物部に所属し、部員仲間と蝶の採集をやっていた。高校を卒業して大学に入った時、ちょっと浮かれてテニスサークルに所属してしまい、以来蝶の採集はしていない。そして今さら、採集をする気はない。趣味の為に虫を殺すことへの抵抗、などという健気な感情からではなく、採集した標本を自分の死後に誰がどう始末するのか、考えたらうんざりしてしまうからだ。蝶の標本など、興味のない人から見れば気味の悪いガラクタである。粗大ゴミだ。有名な採集家や専門の学者の標本ならば、自治体の科学博物館などが引き取ってくれることもあるだろうが、素人の標本などはほぼ無価値。標本にとって最も大切なものは、どこで、いつ採集されたかの記録なのだが、基本的には自己申告なので、素人の記録の信憑性などないに等しいからだ。インターネットで買った標本に適当なラベルを付けて並べたかもしれないものを引き取る博物館など、ありはしない。

結局、自分が死んだら標本は捨てられ、焼却される運命だ。せっせと虫を殺して、何百という小さな命を針で留めて、それなのにそれはただのゴミになる。そう考えたら、とても今さら採集などする気にはなれなかった。

だが写真、それもデジタルカメラで撮った画像なら、消去すれば済む。SDメモリーカードやパソコンのハードディスクに残っていたとしても、さほど迷惑はかけずに済むだろう。そして何より、虫を殺す手間がかからない。

デジタル一眼は妻の病気が判った時に購入し、会社の帰りにカメラ講座に通って撮り方をならった。妻は余命一年と診断されたが、なんやかや、それから四年近く生きてくれた。最後の半年は病院のベッドに寝たきりになったが、その最後の入院をする直前まで、週末は二人で出かけ、妻と景色をカメラに収めた。

子供のいない夫婦二人、四十年近くも連れ添った。その証しを、どうしても残しておきたかった。フィルムカメラを選ばなかったのは、撮ってすぐに妻に見せてやりたかったからだ。

妻が死んでからは、カメラも仕舞い込んで写真など撮らなくなった。

病気が発覚して足掛け四年、いや、五年か。それだけの時間があって、なおかつ、余命宣告までされていたからこそ、静かに妻の死を受け入れられたのだと思う。できるだけのことはしてやった、という思いもある。妻も感謝してくれていた。そしていよいよ、痛みをとるための強い薬のせいで意識が朦朧(もうろう)としていたさなかに、妻は一瞬だけ正気に戻って孝太郎の手を握り、言ったのだ。

ありがとう。ほんとにありがとう。先にいって、あの子と待ってるね。

花壇の前を親子連れが歩いて行った。まだ幼稚園に入る前ぐらいの子と、その子の手をひく父親。平日の昼間なのに、あの父親は木曜が定休の店ででも働いているのだろうか。それとも夜の仕事なのか。母親はどこにいるのだろう。何か用事があって出かけてしまい、父と子と二人で午後を過ごしているのだろうか。

父親は、三十そこそこぐらいか。孝太郎は、三十歳若返ってあのくらいの年齢になれたら、自分は何をするだろう、と考えた。

いや……したいことはひとつだけだ。あの日に戻れたなら。

鉄柵のドアを閉め、スライド錠をかける。それだけ。たったそれだけだ、俺がしたいことは。

溜め息と共に一つ残ったあんパンごと包みをデイパックに戻し、孝太郎は立ち上がった。

とりあえず、蝶の写真を撮る、という趣味には順調にハマった。もともと蝶という生き物が好きで、そこそこの知識も持っている。その上でカメラもひと通りは勉強した。数年前の機種とはいえ、デジタル一眼も持っている。つまり、何の準備もいらず、金もかからなかった。手頃な図鑑を一冊買い、外に出て、蝶がいそうな公園をカメラを持ってうろうろと歩いた。そして写真に撮った蝶を図鑑で確認し、丸印をつけた。それを毎日繰り返しているうちに、すっかり夢中になってしまった。

今はもう、退屈はまったく感じない。インターネットで検索すると、同好の士がせっせと更新しているブログがたくさん見つかった。それら先輩達から細かい知識を学び、コメント欄にお世辞を書き込んで仲良くなり、ちょっと珍しい蝶が撮影できるポイントなども教えてもらい……。

なるほど、いい時代になったもんだ、と孝太郎は思う。インターネットなどというものが存在していなければ、自分と同じ趣味を持つ人と知り合いになることがさほど簡単ではなかっただろう。

今年からはブログも書き始めた。自分で撮った蝶の写真に、ちょっとした記録やら感想やらを書き添えただけの地味なブログで、日々アクセスしてくれるのはせいぜい十数人、それもみな、蝶仲間たちだ。彼らがコメントをつけてくれるので、またその返事を書いたり彼らのブログを眺めたりしながら、次はどこに蝶を撮りに行こうかと考えるのが唯一の楽しみだ。

質素と言えば聴こえはいいが、しみったれている、と言えばその通り。だが、それが自分には似合いの老後なのだ、と思う。

日本の男性の平均寿命は八十歳を超えたらしい。だとしても、せいぜい長く見積もって残り二十年。その二十年で自分の人生が劇的に変わるとは思えない。毎年買ってはみるものの、何億円もの宝くじが当たることもないだろうし、今さら身を焦がすような恋心を感じる出逢いがあるなどとも思っていない。このまま平穏に、静かに歳をとっていくことができれば、それで充分だ。ただ一つの心配事と言えば、自分の葬式を誰が出してくれるのか、ということぐらい。いや、葬式なんか出してもらいたいとも思わない。ただ、自分の死体の始末で見知らぬ人達に迷惑をかけるのは避けたいと思うだけ。焼き場で骨にして、あとは共同墓地にでも入れてもらえたら。そのくらいのことならば、年賀状程度しかつき合いのない親戚に頼んでも構わないだろう。費用と謝礼金を添えた遺言を作っておくか。

さっきの男が、土手のほうからゆっくりと戻って来た。首を振りながら苦笑いをしている。

迷蝶(めいちょう)のカバマダラが現れた、という情報は、七月の台風のあとインターネットに載った。

カバマダラは本来、南国の蝶で、九州の南部から沖縄、八重山諸島あたりにいる蝶だ。だが時たま、台風などの強い風に乗って関東地方にまでやって来ることがある。そうした蝶は、迷蝶、と呼ばれる。カバマダラは飛翔力が強い為か、数年に一度くらいは関東地方でも目撃されていて、幼虫の餌となる植物が関東地方にも生えている為、産卵して繁殖することもあるらしい。が、南国の蝶なので低温には弱く、関東地方では越冬することができずに死に絶えてしまう。生態系にあまり影響を与えないという点では好都合なのだが、せっかくはるばる旅をして来て必死に見知らぬ土地で生き抜こうとしているのに、冬が越せなくて死ぬしかない、というのはなんとなく気の毒である。

いずれにしても、孝太郎は蝶温室の中でしか生きているカバマダラを見たことがないので、わざわざ沖縄まで行かずにカバマダラが撮れるかもしれない、と知って興奮した。幸い、知人の中にカバマダラが現れた場所についての情報を持っている者がいたので、その人から教えてもらった場所に通っている。しかし蛇の道は蛇、蝶愛好家にはすでにこの場所もすっかり有名になっているようで、カメラを首からぶら下げた孝太郎と似たような年頃の老齢者が集まっている。採集網を持った人の姿も時折見かけるが、この場所自体が、動植物の採集を禁止している公園の中なので、おおっぴらに網を振る者はいないようだ。だが公園から続いている土手のあたりは採集禁止区域ではない為、土手の上では捕虫網がひらひらしていることもある。

通い始めて今日で四日目、孝太郎は、まだカバマダラを目撃していない。

「土手のほうを歩いてみたんですが、ありますね、ガガイモ」

ガガイモはカバマダラの幼虫の餌になる植物の一つだ。

「葉っぱに食い痕もあるんですが、カバマダラのものか、蛾かバッタか何かが食べたものか、ちょっとわからない」

男は首から下げている白いタオルで顔の汗を拭いた。

「しかし成虫がいませんねえ。採集者に採りつくされちゃいましたかね。公園の外に出たら採られちまうのに、カバマダラも馬鹿だなあ。もうお撮りになりましたか」

「いえ、わたしはまだ見ることもできていないんです。もう四日目なんですが」

「そうでしたか。四日通って見かけないとなると、やはり駄目ですかねえ。産卵してくれれば、一ヶ月も待てば新生蝶が出るかもしれないが。あ、わたし、こういう者です」

男は名刺を出した。が、会社勤めの者が持つような白い名刺ではない。蝶に関するブログを開設している愛好家がよく作っている、ハンドルネームとメールアドレス、それにブログのアドレスだけが印刷され、自分で撮った蝶の写真などが一緒にプリントされている、趣味用の名刺である。この手の名刺はさまざまな趣味の世界にそれぞれあるらしく、中学の同級生で鉄道マニアの男が同窓会で手渡してくれた名刺には、

SLの写真がついていた。自分も作ろうかと思うのだが、どうも気恥ずかしくてまだ作っていない。

受け取った名刺に印刷されていたのは、翅を開いたミドリシジミの画像だった。男の名は、杉江健次。

「わたしは久松と言います。すみません、こういう名刺、まだ作っていなくて。ミドリシジミですか、いいですね」

「たまたま羽化した直後の雄が、下草で翅を広げたんですよ。二年ほど前に撮ったものですが」

「蝶の写真はもう長く撮っていらっしゃるんですか」

「いやいや、まだ始めて四年ほどです」

杉江もベンチに座り、リュックからコンビニの袋を取り出した。杉江の昼飯は、コンビニおにぎりにウーロン茶。

「会社を早期退職しましてね……妻の介護の為でした」

杉江はおにぎりを食べながら、淡々と言った。

「妻は五十代で認知症になっちゃったんですよ。わたしらには子供もいない、夫婦二人暮しでした。妻はパートで働いてたんですが、そのパート先の上司から電話があったんです……奥さんの様子がちょっと変なので、病院で診察してもらったほうがいいですよ、って。それまで間違えたことがなかった単純な手順が急にわからなくなって泣き出したり、同僚のロッカーを勝手に開けて中のものを自分のものだと言い張ったり、まあいろいろやらかしてたらしいです。で、嫌がる妻をなだめすかして病院に連れて行ったら、アルツハイマーだと言われました。パートはやめさせ、介護ヘルパーさんに時々訪問してもらいながら、なんとかごまかしながら生活してたんですが、いよいよね、ご近所にも迷惑をかけるようになっちゃいまして。それでまあ、会社で早期退職者を募集してたんで、決心して退職しました。わたしの親が遺してくれた家があるんで、退職金をちまちまとつかってなんとか年金生活まで持たせるしかないな、と思いました。それでもねえ、十年は介護する覚悟だったんですが……病気の進行が思ったよりずっと速くて。結局、四年前に還暦を待たずに逝きました。運動能力が衰えて寝たきりになって入院していたんですが、誤嚥性肺炎で」

「……それはお気の毒でした。わたしの妻も、癌で逝きました」

「そうでしたか。……なんかねえ、男のほうが早く死ぬって思っていたんで、まさか妻に先に逝かれるなんて考えてもいなかったですよ。なので老後のことなんてまるで心配してなかった。妻がうまくやってくれるだろう、なんて虫のいいこと考えてました」

「わたしもです。実際、男が残るってのはなんともかっこがつかないもんです」

「ほんとですね。歳をくった男やもめほど、様にならないものもありません。ま、再就職先を探してもよかったんですが、なんかね……働こうって気力も湧いて来なくて。今は年金ももらってますから、贅沢しなければなんとかなりますし、葬式代だけ残しておけばいいか、ってね」

杉江は明るく笑った。

「それでまあ、趣味のひとつもないと、毎日退屈で。最近流行りの高齢者登山でも始めようかなんて思ったりもしたんですが、山で遭難なんかしたら他人様に迷惑をかけるでしょう。わたしはどうも、運のいいほうじゃないんで、危険なことはしないに限ります。それでふと、中学生の頃に蝶の標本作りに夢中になったことを思い出しまして」

「皆さん、似たような経緯をたどるものなんですね。実はわたしも、中学の頃にやってたんですよ、蝶の採集」

「そうでしたか。いや、わたしも最初は採集をやろうかと思ったんですが、いろいろインターネットを検索していたら、写真のほうが面白そうだな、と。お迎えが来るまであと何年あるかわかりませんが、無益な殺生はできるだけしないでいたほうが、お釈迦さまのおぼえがめでたいんじゃないかなんてね、ずるいこと考えまして」

孝太郎も思わず、声を出して笑った。他人と喋っていて笑えたのは久しぶりな気がする。

「わたしは標本をどうするんだ、どこに置くんだ、死んだ時にゴミに出されるのがわかってて、今さら標本作ってどうするんだ、ってつい考えてしまったんです。お棺に入らないものを増やしてどうする、って」

「そうそう、それもありますね。我々素人の作った標本なんか、何かの役に立つなんてことはまったくないわけで、ただ場所をとるだけです。デジタル写真なら、データを入れたSDカードが何十枚残っても捨てるのは簡単だ」

「それこそ、棺桶に入れてもらえます」

二人は声を合わせて笑った。

2

「それにしてもカバマダラ、来ませんねえ」

「マダラ蝶は飛翔力がありますから、昼間は花でも求めて遠出しているのかな」

「まだいるんですかね」

「どうでしょうか。先日の台風に乗っかって来たんだとしたら、まだいると思うんですが」

　二人は飲み物に口をつけながら、花壇のほうを向いて座っていた。

　白い蝶が二頭、追いかけっこでもするように飛び回っている。スジグロシロチョウだ。

「迷蝶っていうのは、幸か不幸か、どっちなんでしょうか」

　杉江が言う。

「まあ蝶には我々のような思考能力みたいなもんはないかもしれないが、何千キロも離れたところに連れて来られていったいどんな気持ちがするものなのか、想像しちゃいますよね。しかも故郷に戻れる可能性はほぼゼロです。まったく環境も気候も違う土地で命を終えるしかない。人生の最後に、戻れない旅に出るかその場で死ぬか、どちらを選んでもいいと言われたら、久松さんならどちらを選びます？」

「戻れない旅、ですか……」

「ええ、でも見知らぬ土地へ行けるとしたら、見たことがないものを見られるんです。しかし、戻れない。帰れない。自分がどんなものを見たのか、旧知の友に語ることもできない。ただ冥土の土産に、記憶にとどめるだけです。ほら、我々も蝶の写真を撮ると、最初のうちは一人で眺めて楽しんでいますが、そのうちに誰かに見せたくなりませんか。ブログとかインスタなんとかとか、写真をインターネットにあげたくなりませんか。要するに旅に出て知らないものを見たい、という気持ちは、自分がどんなものを見たのか誰かに伝えたい、という気持ちとセットなんだと思うんですよ。しかし戻れない旅に出てしまったら、どんなに素晴らしいものを見ても珍しいものと出逢っても、それを友達に語ることはできないんです。結果として戻らなかった旅ではなく、決して戻れないとわかっている旅に出る勇気が、ぼくにはありません。ぼくも一人ものですが、いちおう友達もいる、親戚もいる。彼らと二度と逢えないとわかっているのなら、ぼくは旅に出ないでしょうね」

「なるほど。そういうことは考えたことがなかった」

孝太郎は腕組みした。

「……しかしわたしは……おそらく出ると思います……戻れない旅に」

「ほう」

杉江は孝太郎を見つめた。孝太郎はその杉江の視線から逃れるように、少しだけ目を逸らせた。

「わたしにはいないんですよ……自分が見たものを語れる相手が、ね。親戚はもちろんいますが、年の近い従兄弟はいない。叔父や叔母のたぐいはほとんど鬼籍に入りました。もともときょうだいもいないので、甥や姪もいません。会社員をしていた頃の知人とは、退社した時に繋がりが切れてしまった。年賀状すら来ませんよ、元の同僚からは。まあ、それは自業自得なんでしょうね、わたしはその、変人というか、あまり同僚とも親しくつきあわずにやって来ましたから。他に友達と呼べるのは、最近この蝶のことで知りあった人だけですが、彼らとも蝶を撮りに行く場所で今みたいに話をするだけ、話題も蝶のことばかりです。ものすごく珍しい蝶が撮れる旅だというなら、それは戻って来て撮った写真を見せたい、自慢話のひとつもしたいですよ。しかし他のことは、話したところでたいして興味を持ってもらえないでしょう。ならば、たとえ戻ることができないとわかっていても、心が求めるままに旅に出ます」

「そうですか……ある意味、羨ましいなあ」

「まあ他人から見たら、なんて寂しい男なんだと思うでしょうね。しかし不思議なもんで、わたし自身はたいして寂しいとも思わないんです。むしろその……楽ですよ。心地いいくらいです。ま、痩せ我慢してる部分もあるんでしょうが」

杉江は孝太郎の横顔から視線を花壇のほうに戻した。スジグロシロチョウがいつのまにか三頭に増えている。花壇には、百日草の花が色とりどりに咲いていた。

「蝶のように短い命なら、後悔、なんて言葉とは無縁でいられるんだろうなあ」

杉江は溜め息のように言葉を吐き出す。

「妻に逝かれて、自分もいつ認知症になるか、寝たきりになるかと思うようになると、無性にね、あれやっとけば良かった、これもしとけば良かった、なんて考えるんですよ。結局、人生の時間が余ってしまってるんだな、ぼくは。余っちゃったのに、過去に戻ってやり直すことはできない。だから歯がゆい」

「過去に戻りたいですか、やっぱり」

「そうですねえ、戻れるならあの時に戻りたい、というのはありますよ。戻ってあれだけはしておきたい、というのは。恥ずかしい想い出話なんですが、妻と出逢う前、三十代のはじめの頃でしたか、好きになった女性がいたんです。しかし片想いでした。自分の気持ちを打ち明けることができなかった。打ち明けようとはしたんですよ。したんだが、最後の最後にね、それができなかった。もしあの時打ち明けていたら自分の人生はどう変わっていたんだろう、最近になって時々、そんなことを考えます。ま、打ち明けたところで振られただけで、結局上司の勧めで見合いして、妻と結婚したでしょうからね、人生は何も変わらなかったんだろうなとは思うんですが。あなたにはありませんか、そういう時、そういう瞬間が」

「はあ」

孝太郎は苦笑いした。

「恋愛に関してなら、ありません。わたしも妻とは見合いでしたが、見合いするまで他に好きになった女性もいませんでした。いやまあ、十代の初恋だのなんだのは別ですが」

「恋愛に関することに限らなければどうです。あの時、あの瞬間に戻りたい、という一瞬はありませんか」

「それはありますよ」

孝太郎は静かに答えた。

「誰の人生にもそういう瞬間は、一度や二度はあるものでしょう。わたしにもあります」

「それはどんな?」

「いやまあ、たいしたことではないんです。他人様にお話しするようなことではない、ごく個人的なことです」

「そうですか。いや、すみません、野次馬根性丸出しで」

「いえいえ」

「ではその時に戻れたら、何をしたいかは教えていただけますか」

「随分と興味がおありなんですね……わたしの個人的な事柄に」

「いやその、実は」

杉江は頭をかいた。

「実はですね……ぼく、蝶の撮影の他にひとつ、趣味を持ってまして」

「ほう」

「笑われてしまうと思うんですが、学生時代の仲間と小説の同人誌を作っているんですよ」

「小説の同人誌。それはまた……」

「昭和でしょう」

杉江は笑った。

「昔ながらの小説同人なんてね。今の若い人たちが同人誌と言えば、コミケなんかで自主販売している小冊子みたいなものなんでしょうが、わたしの故郷、田舎にはまだけっこうあるんですよ、小説同人が。わたしが出た大学は地方の国立でしてね、文芸クラブみたいなのがありまして、まあちょこっとそんなのに所属していたこともあって、今でも年に一冊、同人誌を作っているんです。で、短編小説を毎年一、二作書いているんですよ。もちろんプロになろうなんて思ってない、そんなレベルじゃないんです。ほんとに趣味です。で、今年書いているものがちょっとその、SF仕立てというか。一回だけ過去に戻れたら何をするか、がテーマでして」

「なるほど。ちなみに杉江さん、ではあなたはその、昔好きだった人に告白をなさりたいんですね、過去に戻って」

「まあそうなんです。どのみち人生は変わらないと思いますが、当たって砕けたいなんて考えます。実は告白する寸前まではいったことがあるんですよ。ですが、運悪く邪魔が入ってしまって」

「邪魔、ですか」

「そうなんです。ぼくはその時、その女性と女性の友人、それにぼくの友人と四人で井の頭公園に遊びに行ったんです。みんな会社の同僚で、ぼくの友人は彼女の友人とすでに交際していました。桜はもうあらかた散ってましたが、葉桜もいいものだからと誘われました。で、二人ずつボートに乗りました。もちろんぼくは彼女とです」

「それはチャンスでしたね」

「そうなんです、チャンスでした。ですがその時、ぼくたちの乗っていたボートにボールが飛び込んで来たんです」

「ボール……」

「ゴムボールです。池の近くで男の子が父親と遊んでいて、投げ損なったんです。それで彼女がそのボールを岸に投げ返そうとしたんですが、届かなくてまた池に落ちてしまった。仕方なくぼくはボートを漕いでボールに追いつきました。そしてそのままボート乗り場に戻り、彼女はわざわざそのボールを子供に返しに行きました。ボートを降りてしまったら、なんだかチャンスを逃した感があって、告白しようと思っていたぼくは怖じ気づいてしまい、とうとう告白できませんでした」

「ではその子のせいで」

「まあそうなんですが、もちろん子供に罪はありません。でももし過去に戻れるとしたら、あのボールが飛び込んで来る十分前に戻って、さっさと告白してしまいたいです。そして彼女がイエスと言ってくれたら、ボールが飛び込まないような池の真ん中あたりまで漕いでいく。ノーと言われたら、ボールが飛び込む前に乗り場に引き返してボートを降りる」

「どうしても、ボールとはかかわり合いになりたくないみたいですね」

孝太郎は笑った。

「やはりその男の子のこと、少し恨んでいらっしゃる」

「いやいや、子供を恨んだりはしませんよ、それは本当です。あの子のことは……あれから幸せに成長してくれていたらいいな、思い出すたびにそう思っていました。しかし、結局あのボールが、ぼくの恋を終わらせたんだという気はしているんです。なので過去に戻れたら、あのボールがボートに飛び込まない人生を歩いてみたい」

「その男の子が……幸せに成長しているといいですね」

「ええ」

杉江は言って、微笑んだ。

「で、教えていただけませんか。久松さんはいつに戻って、何をされたいのか」

「わかりました。しかしほんとに個人的なことなので、なぜか、という質問はしないでいただけますか。小説のネタにされるのであれば、なぜか、の部分を杉江さんの想像力で物語にしていただきたい」

「了解です」

　孝太郎はうなずいた。

「ありがとう。わたしは……わたしは三十年ほど前の、ある夏の日に戻りたいんです。そして、戻ったらすぐに、鍵をかけたい」

「鍵？　家のですか」

「いや……柵がありましてね、その柵の鍵です。囲いと言えばいいかな」

「囲いの鍵」

「よくある、スライド式の簡単なものです。誰かが外して、そのままにしていたんですよ。それをかけたい。誰もその中に入れないように」

「それはまた……なるほど、想像力をかきたてられますね。ネタとして使わせていただいても構わないですか」

「いいですよ、わたしの名前を出したりしなければ」

「三十年前に戻って……囲いの鍵を。うん、面白い。いいネタですよ。ありがとうございます」

「いえいえ、そんなものでお役に立てば」

「囲いの鍵か……あ」

「どうかされましたか」

「いや、昔のことをちょっと思い出しました。そうそう、ちょうど三十年かそこら前だ。あれは何年だったかな、えっと……鉄棒だか平行棒だかで、森末さんが金メダルとったのって、いつのオリンピックでしたっけ？」

「……ロサンゼルスですね。一九八四年」

「そうだ、その年ですよ！　ちょうどオリンピックが開催されている間だったから夏ですよね？　その夏だ。長野の高原で避暑としゃれこんでいたんです。貸別荘を二週間ほど借りましてね、ためていた有休に夏休みを足して、妻と二人で。その高原の近くに農業用の溜め池があったんですが、地元の人からそこにとても珍しいトンボがいると教えてもらったんです。それで見に行きました。囲いの話で思い出しましたよ。そこも囲いがしてあって。中に入って妻と二人、トンボを探しました」

　孝太郎の脳裏に、夏の日差しに輝く水面が現れた。水の上すれすれにトンボが飛び回り、子供の歓声が聞えた。

　孝太郎は自分の握りしめた手を見つめ、その手の微かな震えをとめようと力をこめた。

「……中に入られたんですか」

「ええ」

「怒られませんでしたか、囲いの中に入ったりして」

「ああ、そうですね、今にして思うと……不法侵入になるか」

　杉江はまた頭をかいた。

「確かあの囲いにも、スライド式の簡単な鍵がついてたなあ。そのことを今、思い出しました。誰かに見つかっていたら、きっとすごく怒られてましたねえ。でも幸い、誰にも見つかりませんでしたよ。わたしたちはトンボを探して数時間、そこで過ごしました。池の真ん中に、枯れた木の枝みたいなものが突き出してましてね、杭か何かだったかもしれない。そこにカワセミがとまっていたんですよ。カワセミはトンボも食べるらしいですね。そこはトンボがとても多くて……カワセミが小魚やトンボをつかまえる様子を二人でいつまでも見ていたなあ……」

「……素敵な夏の想い出ですね」

「ええ、そうなんです。あそこであんな時間を二人きりで過ごせたこと、ほんとに幸運でした。それに誰にも怒られなくてよかった」

　杉江は言って、ははは、と笑った。

　その時、二人の目の前を黄色っぽい蝶が横切った。

「来た！」

二人は同時に立ち上がった。

「カバマダラだ！」

オレンジ色の蝶が、優雅に風に乗って飛んでいく。

「間違いないですよ、ツマグロヒョウモンじゃない！」

杉江が興奮して叫んだ。ツマグロヒョウモン蝶のメスはカバマダラに擬態していると言われていて、確かに似ている。ツマグロヒョウモン蝶も本来は南の蝶なのだが、温暖化の影響なのか何なのか、この二十年ほどの間に関東地方にはすっかり定着し、ごく普通に見られる蝶になってしまった。カバマダラも、南関東では越冬ができないだけで夏の間は繁殖することもできるようなので、いずれは普通の蝶になる可能性があるのだろうか。

土手をのぼる階段を、杉江は軽快に駆け上がっていく。年齢はほぼ同じくらいだろうと思うのだが、定期的に運動をしているのか、杉江の体力は明らかに自分よりもある、と孝太郎は思う。杉江の背中が土手の上に消えたので、孝太郎は必死に速度を上げた。

土手の上に出てみると、視界には川があった。都会によくある、河原らしきものがほとんどない、細い川だ。川の両側はコンクリートで固められ、土手を転がり落ちたらそのまま川にはまってしまう。

土手の上は遊歩道になっているが、川の側へは降りられないよう、柵がめぐらしてある。

杉江はその柵に顔をつけるようにして川の方を向いていた。

「あそこ、あそこにいるんですよ」

杉江が指さした先は、柵の外側、少しだけ地面が川にせり出すように広がっていて、そこに小さくて地味な黄色い花をつけた草が生えていた。その地味な、汚れた黄色の玉のように見える花に、カバマダラはとまっていた。

「コセンダングサ、かな。花びらがないんで貧相に見えますが、あれね、蜜は多いみたいで、蝶がとても好むんですよ」

杉江は腹ばいになり、柵の間からカメラのレンズを突き出すようにしてファインダーをのぞいている。

「沖縄にいくと、あれに白い花びらがついた種類のものがたくさん生えていて、いろんな蝶が群がってますよ。ああ、柵が邪魔だなあ」

孝太郎もファインダーをのぞいた。確かに柵が邪魔だ。せっかくのカバマダラなのに、柵のせいでかなり離れないとピントを合わせられない。

だが孝太郎は、初めて野生の状態でいるカバマダラを目にして、少し感動していた。

この蝶は、温室の中に放たれた人工飼育の蝶ではないのだ。多くの敵の目をかいくぐって成虫にまで無事に育ち、南国の空を飛び回り、そして台風に乗って「戻れない旅」に出てしまった、勇者なのだ。

「お、あそこ、あそこから向こうに出られますよ!」

不意に杉江が叫んで立ち上がった。

「あそこから、出られます!」

3

そこは、川岸の保全管理用に作られている細い階段に通じる、柵と柵の間がいくぶん広くなった場所だった。確かにそこからならば、柵の外に出られる。が、柵に貼り付けられた看板には、大きな赤い文字で、危険、立ち入り禁止、と書かれている。

柵の外には決して出ないでください。大変危険です。

杉江は躊躇(ためら)わなかった。からだを横にして柵と柵の間をするりと抜けた。

「ちょっと杉江さん、危ないですよ」

杉江は振り向いた。その顔は、笑っていた。

「大丈夫です、ここからならほら、空が抜ける。綺麗に撮れますよ」

杉江は地面にしゃがみこんで、夢中でファインダーをのぞいている。少し見上げるような角度からカバマダラを狙って。杉江の言う通り、あの角度から撮れば、蝶の背景は川面とその上の空だ。蝶の写真を撮る時には、背景をすっきりとさせるのも大切なコツだ。空をバックに撮れば、抜ける、という状態になり、すっきりとした構図になる。だが空にレンズを向けると逆光になるので、蝶が黒くなってしまうことが多い。だが、午後二時を過ぎた太陽は杉江の背後にあり、しかも薄い雲に包まれていた。カバマダラにはやわらかな光があたっている。順光なのだ。理想的な構図と光。

孝太郎も柵の外に出た。

不安定な姿勢でシャッターをきり続ける杉江。

「久松さん、あなたもいらっしゃいよ。早く撮らないと飛んでしまいますよ」

この男は、まったく変わっていない。三十二年前と同じなのだ。

平然とルールを破り、自分さえ良ければそのことに頓着もしない。自分がしたいことをする為には、自分自身すら危険な状況になっていても気にしない。想像力の欠如。自分のした行為が、他人の命すら危険にさらすかもしれない、という認識が、ない。

孝太郎は、ゆっくり、ゆっくりと杉江の背後に近づいた。身をかがめ、影が落ちないように注意しながら。

目の前に、杉江の背中があった。手を伸ばせば届く距離。思い切り、どん、と肩のあたりを突いたら……突いたら……

川までの距離は数メートルだが、台風のあとなので水かさは多い。

三十二年前、拓也はまだ五歳だった。

妻の親戚の家が長野にあり、幼稚園の夏休みに三人で泊りに行った。真夏なのに涼しい風が吹く、素晴らしい高原だった。

近くに、トンボで有名な池があった。なかなか見ることのできない、希少種のトンボがいるらしい。拓也は虫が好きで、その年初めて捕虫網を買ってもらい、それを楽しそうに振り回して蟬や蝶を追いかけていた。その拓也がトンボが見たいと言うので、二人でその池まで行ってみたのだが、子供の転落事故があったとかで、池の周囲は柵で囲われていた。スライド式の鍵がついた扉がその柵に取り付けてあり、危険・許可なく立ち入り禁止、と書かれた札が立っていた。

鍵がかかっているから入れないよ、と、孝太郎は拓也に言い聞かせ、引き返した。

その数日後、拓也の姿が見当たらなくなった。キャベツ農家だった妻の親戚のその家は、田舎家の造りで縁側や土間があり、日中は誰でも出入りができた。だが拓也は臆病な性格で、それまで一度も一人で外に出たことはなく、妻が拓也から目を離したのもほんの数分のことだったらしい。

半狂乱になって探した。探して探して、まさか、と思いながら池へと走った。

そして、愕然とした。

スライド錠は外され、柵のドアが風にはためいていた。

ボートを浮かべて探索したが、拓也は見つからなかった。そして二日後、拓也の小さな遺体は、打ち上げられるようにして池の縁の草に絡まり、浮かんでいた。

誰かが。

誰か、無責任で自分勝手な人間が、錠を外して中に入ったのだ。そして、きちんと鍵をかけ直すこともせずに立ち去った。

自分が目を離したせいだ、と、妻は自分を責めた。責めて責めて、笑顔を失った。

それ以来、妻が笑うのを見た記憶がない。時折うっすらと微笑むことはあっても、心から楽しそうに笑うことはなかった。そして、妻の心はゆっくりと壊れ、やがて脳細胞も死滅していった。

いよいよその息をひきとる間際に、妻は孝太郎の手を握って微笑み、先にいって、あの子と待ってるね、と言った。その時だけは、昔の妻の顔だった。

蝶は、死者の魂なのだ、と、何かで読んだ。

杉江がさっき、柵に囲われたトンボの池の話をした時、孝太郎は気絶しそうなほど驚いた。まさか今日ここで、あの鍵を外してそのままにした無責任な人間に出逢うことになるとは。

ロサンゼルス・オリンピックの年。間違いはない。

拓也の事故のあと、池は金網で囲われ、錠もしっかりしたものに付け替えられた。オリンピックのあった八月に、杉江夫婦はあの鍵を外して中に入ったのだ。だとしたら、拓也の死の責任は、この男にもある。

それなのに、杉江はまったく変わらず、同じように、今また立ち入り禁止の札を無視し、自分と、そして孝太郎とを危険にさらしている。

罰を受けるべきではないのか？

拓也が味わったのと同じ苦痛を、この男に味わわせて何が悪い。

孝太郎は、ゆっくりと手を伸ばした。

戻れない旅に出よう。この手を突き出して杉江を水に落としたら、もうわたしは戻って来られない。人を殺したことのない人々の世界から、人を殺したことのある者たちの世界へと、自分は出かけていくのだ。

この世にもう未練などはない。人生も充分足りている。

戻れない旅に出るには、いい日じゃないか。


指先が震えている。怖いのか？　ああ、怖いよ。怖いに決まっている。人殺しになるんだから、これから。

孝太郎の目に涙が滲んだ。

拓也の仇をとる。とらなくては。そうしなくては、あの世に行った時に妻に申し開きができないじゃないか。

指の先に、日に照らされて温まった杉江のシャツの熱を感じた。

あと少し。あとほんの……


……えっ⁉

孝太郎は自分の目を疑った。何かが視界に入って来たのだ。何か、大きくて白いものが……

まさか……

「お」

孝太郎の喉から声が出た。

「オオゴマダラ……オオゴマダラだっ！」

「えっ」

孝太郎の声で杉江が振り向き、立ち上がった。孝太郎の指先は、杉江の肩に一瞬だけ触れた。だが、杉江は水に落ちることなく、機敏に動いた。

「ほんとだ！　オオゴマダラだ！」

杉江はレンズを水面に向けた。そこには確かに、とても大きく優雅に飛ぶ白い蝶の姿があった。日本でいちばん大きな蝶。南の島にしかいないはずの、蝶！

「まさかあんなのまで、台風にのっかって来ちゃったんですかね」

杉江は夢中でシャッターをきりながら言った。孝太郎ももう、何もかも忘れてファインダーをのぞいていた。

オオゴマダラは大きな蝶だが、カバマダラほど飛翔力は強くないらしい。台風に乗っても関東地方までやって来るとは信じがたい。だがもともとはオオゴマダラも、台湾あたりから沖縄に飛来した迷蝶だったらしい。だとしたら、ここまで飛ばされて来る可能性だって、ないわけじゃないだろう。

何より、確かにその白い大きな蝶は、オオゴマダラなのだ。見間違いではない。あんな蝶は他にいない。

孝太郎もシャッターをきり続けた。白い蝶は、優雅にはばたきながら、やがて川を渡って向こう岸にいき、姿を消した。


希美子（きみこ）。

孝太郎は、妻の名を呟いた。

蝶は死者の魂の化身なのだとしたら、あのオオゴマダラは、希美子だ。

この世にのこしてしまった夫が、今まさに人を殺そうとしている。それを止める為に現れた。

孝太郎は、惚けたようになってその場にへたりこんだ。

杉江の思い出話を耳にした瞬間から手を前へと伸ばしたあの時まで、孝太郎を支配していた殺意は、もうどこにもなかった。

何ひとつ、確証はないのだ。杉江たち夫婦が拓也の死に責任があるという確証は、何もない。

孝太郎の口から、へらへらとした笑いが漏れた。安堵（あんど）の笑いだった。

希美子、ありがとう。戻れない旅に出てしまわなくてよかったよ。この杉江という男が拓也の仇でなかったとしたら、取り返しのつかないことをするところだった。いや、たとえ……たとえ本当に仇なのだとしても……

この三十二年、わたしはその仇を捜そうともしなかったのだ。孝太郎は思う。そう、わたしは仇討ちなどしたくなかった。しようとも思っていなかった。そんな勇気はなかったのだ。

そして今、しなくて良かった、と思っている。これが、わたしなのだ。

わたしはしょせん、戻れない旅には出られない。

迷蝶には、なれない。

わたしは、臆病で平凡で、争いが嫌いで、競争も苦手なまま、老いて死んでいく。それがわたしの「世界」であり、わたしの「人生」なのだ。

突然に沸き起こった殺意は、ただの惑い。

眩暈（めまい）のようなもの。

わたしはもう、惑いからさめた。

「大丈夫ですか」

杉江の声がする。

「ご気分がすぐれませんか」

「あ、いや」

孝太郎は、ゆっくりと立ち上がった。

「……白昼夢を見ていたようです。蝶に幻惑されてしまった」

「しかしさっきのオオゴマダラは、夢じゃありませんよ」

杉江は笑顔で言った。

「我々はついてましたね。しかしこのことは、ブログには書かないでおきます。書いてしまったら明日にはここに、捕虫網を持った人が殺到する。きっとあのオオゴマダラも捕獲されて殺されて、標本になってしまう。ぼくたちが黙っていれば、あの蝶も、この見知らぬ土地をもう少しの間、眺めて暮せますからね。たとえこの土地では伴侶も見つけられず、産卵することもできない哀しい日々だったとしても、生きていることがすべてです。生きている、ただそれだけで、あの蝶はきっと、充分なんだと思います。生きているだけで」

*

「なるほどな、そういうことか」

健次は、新聞の記事を読みながら笑った。そこには、都内のとある教育施設の温室に、隣りの建物を工事していたブルドーザーが誤って突っ込んで温室の一部が破壊された、という事件のことが載っていた。休館日だったので怪我人はなし、だが温室の中で飼われていた蝶が、何頭か逃げてしまった、と。

昨日オオゴマダラを見たところからその温室までは、直線距離だと三キロほどだ。あの蝶は、迷蝶ではなかった。脱走蝶だったのだ。

温室で飼われている蝶はほとんどが、人工飼育によって成虫になった蝶たちだ。彼らは山も川も知らず、風すら感じることもなく一生を終える。

だがあのオオゴマダラは、川のきらめきの上を飛び、翅に風を受けてはばたいていた。それだけでも、あいつは幸運な蝶だったのかもしれない。

きみこ、と、あの男は呟いた。

オオゴマダラに向かって、きみこ、と。

きみこ、は確か、久松孝太郎の亡き妻の名だ。結局あの男は、妻の幻に救われたのだ。

久松孝太郎。蝶写真の愛好家を通じて、その名を聞いた時は、気絶するほど驚いた。決して忘れることのない名前、久松孝太郎。

だが同姓同名の他人かもしれない。確かめよう、そう思った。

迷蝶のカバマダラが現れたという情報を得た時、そのチャンスが来たと思った。久松孝太郎も蝶の写真を撮るのであれば、必ずカバマダラを撮りに来るはず。

そう信じて、毎日毎日あそこに通った。そして遂に、久松孝太郎を見つけたのだ、昨日。

老いてはいても、記憶の中にあるあの男とすぐに面影が重なった。

あの日、ボールを投げた少年と一緒にいた男。父親だと思っていたが、父親ではなかった。少年と同じ団地で暮していて、あの日はたまたま、あそこで少年と出逢って一緒に歩いていただけだった。

叶恵(かなえ)が少年にボールを手渡していた時、健次はボートの返却をしていたのだ。だから叶恵と少年の会話を耳にすることがなかった。

叶恵が交通事故死したのは、あれから二週間ほど経った、雨の夜だった。

健次は失意に沈み、その様子を心配した上司が見合いをすすめ、そして結婚し、少しずつ叶恵のことも忘れつつあった、そんなある日。叶恵の母親が会社を訪ねて来て、叶恵の遺品の中に、健次に宛てた投函されていない手紙があった、と、届けてくれたのだ。

手紙は書きかけだった。

そしてそこには、健次への健気な思いが綴られていた。健次は泣きながらそれを読み、そして最後の文章に愕然とした。

ところで、井の頭公園でボートに乗った時に、ボールを投げ込んでしまった男の子のこと、おぼえてますか？　可愛い子でしたよね。実はあの時、ボールを返す時にあの子と約束したの。あの子が暮している団地で夏祭りがあるので、遊びに行くって。健次さんを誘うつもりだったのに、健次さん、福岡に出張なんですよね、今日から。とっても残念。さっき天気予報を見たら、今夜は九時ごろから雨のようです。濡れるのはいやなので、雨が降り出す前に帰って来て、またこの手紙の続きを書くつもりです。実は、あの男の子と文通をしているのよ。あの男の子の名前は、新藤裕太くん。そしてお父様だと思っていた方は、久松孝太郎さんといって、裕太くんと同じ団地の方だそうです。久松さんが今年のお祭りの実行委員長なんですって。きっと楽しいと思います。帰って来たら、どんなお祭りだったか書きますね。

叶恵は帰らなかった。帰れなかった。

雨が降り出す前に帰るつもりでいたのだ。それなのに、彼女は雨の中、駅から自宅まで戻る途中で事故に遭ってしまった。

健次は叶恵の母に、その夜どうして彼女は早く帰らなかったのか知っていますか、と問うた。母親は教えてくれた。叶恵は団地の公衆電話から連絡をくれた。早く帰るつもりでいたけれど、久松さんに引き留められて、夕飯をごちそうになったので遅くなりました、と。

なぜ引き留めたのだ。

若い女性を夜遅く帰すなんて、非常識じゃないか。

それが理不尽な怒りであることを、健次は自覚している。八つ当たりなのだ。久松孝太郎には一切悪意はなく、叶恵は運が悪かっただけ。わかっている。わかっているけれど。

健次は必死に自制した。幸い、転勤となって新妻と共に札幌にわたり、以来転勤族として日本中を転々としていた。そして次第に憎悪は薄れ、久松孝太郎の名も忘れてしまった。

それなのに、妻がいなくなり再び一人身になった時に、その名を耳にすることになろうとは。

あの団地に今でも住んでいるのだろうか。訪ねてみようか。だが訪ねてどうする？

何を言う?

どうしたい?

蝶仲間を通じて、孝太郎の息子は幼い頃に池で水死している、と知った。図書館に通い、新聞記事から久松拓也の痛ましい事故について突き止めた。

健次は、賭けてみよう、と思った。

久松孝太郎は、息子の死の要因を作ったかもしれない人間に対して、どんな行動をとるのだろうか。彼は本当に、悪意のない人間なのか。罪のない者なのか。

妻とトンボの池に行ったことなどはない。すべて作り話だ。だが、話しているうちに久松の顔色がはっきりと変わり、その目にぎらついた何かが宿ったのを健次は感じた。

健次はさらに、久松の殺意を誘発した。

久松に背中を向け、ひと突きで川に落ちる状況をつくったのだ。だがもちろん、落ちて死ぬつもりなどはなかった。足を土のくぼみにしっかりと置き、カメラを構えているふりをしながら片手で土手に生えた根の深い草をつかんでいた。背中に衝撃が来ても、こうして構えていれば踏ん張れる。

そしてその衝撃が来た瞬間に、久松の腕をつかんでやる。つかんで引っ張って、そのまま久松を振り落とすのだ、川の中に。

誰かを殺そうとしたのだから、殺されてもしかたない。しかたないだろう？

なぜあんなことを考えたのだろう。

健次は、今さらのように身震いした。

八つ当たりだとわかっていて、理不尽な怒りだと承知していて、それでも久松を殺してしまってもいい、と、どうして思えたのだろう。

人は誰でも、どんな善人であっても、誰かを殺したいと思うことが生涯に一度はあるのだと思う。けれど、みな、戻れない旅に出られるほどに、自由ではないのだ。人を殺してしまったら、人生が壊れてしまうと知っているから。

きっと。

健次は、大きくひとつ溜め息をついた。

きっと自分は……もう生きていたくない、と、心のどこかで思っているのだろう。

妻と結婚したことでかろうじて壊れてしまうことから救われた自分の人生が、妻の死によって再び、危うくはかないものになってしまった。

ひとりになって。老いて。

閉じこめていた「殺したい」という思いに、惑わされた。

脱走しよう。健次は思った。

迷蝶ではなく、脱走蝶になるのだ。今のこの、閉塞と退屈と孤独の日々から、逃げ出そう。

窓の外を、黄色い蝶が飛び去った。

健次は立ち上がり、サイドボードの上からカメラを取り上げ、窓を開けた。

覆面作家

大沢在昌

大沢在昌（おおさわ・ありまさ）

愛知県生れ。1979年『感傷の街角』で第1回小説推理新人賞を受賞し、デビュー。1991年『新宿鮫』で第12回吉川英治文学新人賞と第44回日本推理作家協会賞長編部門を、1994年『無間人形　新宿鮫4』で第110回直木賞を、2004年『パンドラ・アイランド』で第17回柴田錬三郎賞を、2014年『海と月の迷路』で第48回吉川英治文学賞を受賞。著書に、『冬芽の人』『ライアー』『極悪専用』『魔女の封印』『夜明けまで眠らない』などがある。

「柏木潤さんて、ご存じですか」

担当ではないが、顔を知っている草持という編集者に訊かれたのは、ある文学賞の受賞式の二次会の席だった。

受賞したのは、かつて私が選考委員をつとめた新人賞の出身者で、それで作家デビューを果たしたのだから、いわば「生みの親」のひとりである。意見の割れた選考会で、私が強く推したこともあって授賞が決まった。それに恩義を感じたのか、とてもていねいな礼状をくれたことがあった。以来、出版社のパーティで会うと立ち話をするていどだが、つきあいがつづいていた。

パーティにでるのは、新人賞の受賞式で私に、

「来年も再来年も、この賞の受賞式にきなさい。胸を張ってパーティにでてこられるような仕事をこれからする、と自分に義務づけるためにも」

といわれたのが理由だったと、あとから聞いた。その新人は、あっという間に売れ

っ子になり、私がデビューから十二年間かかった文学賞を、たった四年で受賞した。

才能と努力という奴だ。この世界には才能のある人間はごろごろいる。と、いうか、才能のまるでない者は、まずいない。何百か何千人にひとりの、小説を書く才能のある者が、作家としてデビューできる。

とはいえ才能だけで一生やっていくことはできない。どんな大傑作であろうと、一作は一作で、たとえ文学賞を受賞してベストセラーになったとしても、それで一生暮らすのは不可能だ。

作家というのは書きつづけられてこそであり、そのためには注文がきて、それに応えなければならない。作品に魅力がなかったら注文はこない。魅力があっても本が売れなければ、やはり注文はこなくなる。

いい作品が必ず売れるというほど、世間は甘くない。どんなに歌がうまくても、売れない歌手がいるのと同じなのだ。

その点では、彼は才能があり努力も怠らなかった。物語を思いつくばかりが才能ではない。それをこつこつと書き、より優れた作品に仕上げるための手間をいとわないのも才能である。

では努力とは何かといえば、それをする自分の環境を整えるためのすべてだ。作家になるまでついていた仕事や家族との関係、煮つまったときの対処法、もちろん他人の小説や映画、芝居などに刺激を求めるのも努力だが、それを努力と思うようでは、もともと作家になど向いていない。小説を読んだり映画を観るのが好きで好きでしかたのない人間が、作家になるのだ。

三十年以上もやっていると、求められてするスピーチは、どうしても説教くさくなる。

私が若いとき、先輩がどんなスピーチをしていたかは覚えていない。なぜだか考えてみると、先輩のスピーチなどほとんど聞いていなかったのだ、ということに気づいた。

だから私のスピーチなど聞かなくていい、といって、私はマイクを司会に返し、席に戻った。うけたのに気をよくして水割りを口にすると、草持が訊ねたのだった。

「聞いたことはある。わりに最近、でてきた人じゃなかったっけ」

「去年です。××賞でデビューして、すぐに二作だし、今回のこの賞の候補にもなっていました」

草持は受賞者を示していった。

「デビューした年に候補にされたのか。あとが心配だな」

私はいった。新人賞と異なり、文学賞は自分で応募して候補になるわけではない。賞を主宰する出版社なり団体が勝手に選んで候補にするのだ。もちろん候補を拒むこともできるが、「○○賞作家」という肩書きが欲しくない者などまずいない。

候補にしてやるといわれたら大喜びでそれを受け、選考会の日を待つ。あげくに選考委員にこきおろされて落選し、ヘコむというわけだ。デビューして日が浅いのに、文学賞の候補にされると、舞い上がって自信過剰になったり、逆に落ちこんで書けなくなったりする。

「あるていどツラの皮が厚くなってからのほうがいいのだけどな」

「そうですね。でもなかなかのものを書く人なんで、大丈夫だと思います」

「いくつくらいなの？」

「それが、性別、年齢、一切秘密にされていて」

「覆面作家か」

草持は頷いた。私は急に興味を失った。

かつて覆面作家といえば、すでに名を成した作家が別のジャンルに挑むのが目的で、いずれ正体を明すのが前提の〝お遊び〟だったものだ。

今はちがう。正体を決して明さない覆面作家が何人もいる。その理由の一番はインターネットだろう。

インターネット上には、手厳しい批評や作家に対する誹謗（ひぼう）が渦巻いている。中には作家個人の情報をあげつらったり、公表していない作家以前の職業を暴露するものもある。そこには捏造がもちろん混じっているが、否定するには当の本人が発言する他なく、とはいえ偽者扱いされたり、火に油を注ぐ結果になることも多い。

金を払って購入した読者が作品をつまらないと感じたら、批判するのは自由だ。だがそれと作家の個人情報を暴露するのとは別の問題である。

自分自身やときには家族までもが、そうした暴露の対象になることを恐れ、作品は発表するが、写真や年齢、性別などの情報を一切公表しない作家が、近年確実に増えている。

中には副業が禁止されている職業なので、本名や顔写真が公開されると困る、という人もいる。

理由も事情も理解はできる。だが私は覆面作家にはあまり好感を抱けない。理由は明確に説明できないのだが、何となくズルいと感じてしまう。

写真は嫌でも、せめて年齢や性別くらいは公表しても罰はあたらないだろう。何をもったいつけてるんだ、と思う。

私が興味を失ったことを感じたのか、

「女性です」

と草持はいった。

「旦那さんが著名人とか」

私はいった。草持は驚いたように私を見た。

「その通りです。ご存じなのですか」

「まさか。当てずっぽうさ」

「亡くなられているのですが、ご主人がわりに有名な方でした」

それを聞き、私は草持を見つめた。

「君が担当なのか」

草持は頷いた。

「なぜ俺に柏木さんの話をした？」

草持はうつむいた。

「ファンなのだそうです」

私が書いていたシリーズの名を口にした。そこそこ売れ、映画やテレビドラマになったこともある。だが二十年近く前のことで、若い人はあまり知らない。

「先日お会いしたら、もうあのシリーズは書かれないのかと気にしていました」

「終わらせたつもりはない。またそのうち書くと思うけどな」

草持は頷いた。

「だったらそう伝えます。喜ばれると思います」

「デビューしてすぐ候補になるくらいだ。各社殺到しているだろう」

「ええ、問い合わせはすごくきます」

「君が窓口か」

「今のところ、そうなんです。自分のペースを守りたいとおっしゃって」

「賢明だな。ただし君の責任は重大だ」

私がいうと、草持は息を吐いた。

「本当に」

デビュー作がそこそこ話題になったというだけで、各出版社が新人作家に殺到するという風潮がつづいている。

殺到された新人は嬉しいだろうが、これは単なる〝唾つけ〟に過ぎない。要は、他社に後れをとりたくないのだ。注文はたいていの場合「書きおろし」であり、原稿料が発生しないので、頼む側は気楽なものだ。

ことに最近はあらすじをまず書かせて、それで執筆させるかどうかを決めるという。

僕らがしているのは小説の注文ではなく、あらすじの注文です、と自嘲した編集者もいた。

あらすじを書かせるのは、売れる作品になるかどうかを判断するためだが、あらすじがおもしろいから優れた小説ができあがるという保証はまったくない。

それに物語は生きものだ。書いているうちに展開がかわっていくことなどいくらでもある。先に提出したあらすじに縛られていたら、ふくらみようがない。

あらすじばかりを何度もダメだしされると、作家はうんざりする。おもしろい話を作る才能が自分にはないのかと疑い始めるし、小説の魅力はストーリーばかりではないということを忘れ、登場人物の個性やすぐれた文章にひたる喜びといったものがおきざりにされかねない。

「本当は三作くらいで、手もとから放したいと思っています。いろんな編集者がいますから。刺激をうけて、自分が思いもよらなかったようなものを書くきっかけになるかもしれません」

「その考え方は立派だな。作品はミステリなのか？」

「いちおうはミステリですが、ガチガチの本格とか、そういうタイプじゃありません。ミステリ風味のある風俗小説ですかね」

「風俗小説」

「ご自身が以前、夜の世界にいらしたことがあって。亡くなられたご主人とも、そこで知り合われたそうです」

「珍しいな」

「玉の輿だったと、ご自分でもおっしゃっていて」

「そっちじゃない。風俗小説のほうさ」

私はいった。夜の世界にいた女性が仕事で知り合った客と結婚するのは、それほど珍しいことではない。

一生添いとげるとなると話は別だが、客とホステスの結婚は意外に多い。通っていたクラブのホステスと結婚し離婚して、同じ店の別のホステスと再婚したという客を見たことがある。その客はまた離婚し、別の店のホステスと結婚した。聞くところによると〝浮気〟ができない性格なので、好きになるとすぐプロポーズをするらしい。

「今どき風俗小説を書く人は少ないだろう」

風俗小説を書くには、まず何より人間の欲望や情に通じている必要がある。多くの人と交わり、さまざまな人生を見てきた者にしかすぐれた風俗小説は書けない。

かつてある作家を、「カウンターの内側から水商売が描けるのはあの人だけだ」と評した編集者がいた。

その作家がバーテンダーとして長くバーやクラブで働いてきたからだった。

客として何十年飲み屋に通おうと、カウンターの外側からしか水商売を書けない、といわれ、なるほどと納得した。

さんざん通ってつかって、思い通りにいかなかった経験なら、私も人後に落ちないのだが。

「キャバクラでちょっと稼いでましたなんて姐ちゃんじゃ、風俗小説にはならない。

せいぜいできの悪い官能小説だ」

私がいうと、草持は頷いた。

「おっしゃる通りです。柏木さんはもちろん水商売の世界にも通じているんですが、お客の気持もよくわかっていて」

「いくつくらいの人なんだ」

私の問いに、草持は一瞬ためらい、

「四十代の半ばです」

と答えた。

「意外に若いな」

「きれいな方ですよ。本当は写真をだしたいくらいで」

「著名人の未亡人で四十代の美人作家という条件なら、必ず話題になるな」

「それが嫌で覆面をかぶっていらっしゃるんじゃないかな」

「いずれは脱ぐかもしれない」

草持は私を見た。

「そう思います？」

「ただの勘だ」

「勘がいいじゃないですか。みんないってます。売れる人を必ず見抜くって」

「だとしたら編集者のほうが向いているってことだ」

「そんなの昔からいわれてます。以前もうちの会社の顧問になりませんかって口説かれてたじゃないですか」

いわれて私は苦笑した。冗談半分本気半分で誘われたことがあった。

「他人のことはよくわかるんだ。ゴルフのスイングといっしょだ」

「もし覆面を脱いだらそのときは――」

草持はいって、真剣な目をした。

「柏木さんとうちの雑誌で対談していただけませんか」

「そのときの俺に、柏木さんに見合うだけの商品価値があったらな」

私は答えた。

「またまた。そんなことといって」

草持は笑ったが、私は本気だった。作家にも賞味期限があって、それは大抵の場合、本人が思っているより短かい。

二次会がおひらきになり、私は声をかけてきた、草持とは別の社の担当者とともに銀座に流れた。

それほど高級ではないが、昔からある店に足を向けた。そこのママを二十年以上前から知っている。

「あら珍しい。営業もしていないのにセンセイがきてくれるなんて」

少し太ったからか、立場に合わせたのか、最近は和服を着ることの多いママがいった。

「俺は嫌だといったんだ。こいつがいこうといいはってさ」

私は編集者の塩川（しおかわ）を示していった。塩川とも二十年近いつきあいになる。

「もちろん嘘ですよ。そろそろ顔をだしておかないと、あとが恐いとセンセイがいったんです」

塩川がにこりともせずにいい、

「君までセンセイと呼ぶのはやめろ」

私は唸（うな）った。

「編集者にセンセイと呼ばれると、えらく年寄りになった気がする」

編集者に「先生」と呼ばれて喜ぶ作家は少ない。たいていはさんづけを望む。

ただ二十代や三十代前半の編集者は、自分の親より年長の作家をさんづけで呼ぶのは抵抗があるという。先生と呼ぶほうがむしろ気楽だというのだ。

「もちろんわざとよ。でしょ、塩川さん」

「いい手を思いつきました。うちで書いてもらえるまで、ずっとセンセイと呼ぶというのはどうですかね」

「嫌がらせじゃないか」

「書いていただけないなら嫌がらせくらいしかできませんから」

「いや、週に一度はうまいものを食わせて、高級クラブで接待するんだ。書いたら書いたで、毎晩接待する」

「あらっ、高級クラブってうちのこと？」

「そんな経費、とうていでません。そういう時代じゃないですから」

「わかってるよ。今のはただの夢さ」

水割りで乾杯した。

「君のところは柏木潤とつきあいがあるのか」

ママの他に文香(ふみか)というホステスが席についた。古顔で、三十五、六になる。

「柏木潤先生。おもしろいですよね」

私の問いに塩川が答える前に文香がくいついた。

「読んだことあるんだ」

「知り合いの黒服さんが本を貸してくれたんです」

「駄目よ、本は買わなけりゃ。センセイたちはそれがお仕事なのだから」

ママがいった。

「本を借りてしか読まない女の子の店は、ツケを踏み倒すことにする」

私は宣言した。ママが横目でにらんだ。

「じゃあうちみたいに、センセイの本を二冊も三冊も買って配る店はお勘定、倍づけね」

「それは勘弁して下さい。で、おもしろかったの？」

塩川が訊ねた。文香は頷いた。

「この世界の話ですから。黒服さんの話では、柏木先生って、昔銀座で働いていたのですって」

「その黒服は直接知っているのか？」

私は訊ねた。

「はい。もう二十年近く前だけど、同じ店にいたことがあるそうです」

「ここじゃないのだな」

私が確認すると、ママがにらんだ。

「うちはまだ始めて十二年よ。二十年近く前なんて、わたしもまだヘルプだった」

ホステスはおおまかに分けて、売り上げとヘルプの二種類がいる。売り上げは、係（かかり）をつとめる客がつかう金額から歩合で給料をとる。月に何百万もつかってくれる客がいれば、それだけで百万以上の給料になったりする。

係とは、その店における担当で、たとえ自分が店を休んでいても、客が店にきさえすれば売り上げが立つ。なるべく数多く、それも金額をつかう太客（ふときゃく）をもつことが、売り上げのホステスの願いだ。

ヘルプとは、担当客をもたず日給で働いているホステスで、始まりは皆そこからだ。辞めたホステスの客を係としてひき継いだり、自分が店を移って、そこに前いた店の客の係がいなければ、自分の客にできる。

ヘルプでスタートし、店を一、二年おきに移りながら係の客を増やしていくというのが、銀座のホステスの商売のしかただ。その間に結婚して仕事をあがれたらいいが、できなければ、いい客が数いるうちに自分の店をもつしかない。そのために金を貯めたり、パパを捜す。

「たぶんママと同じ年くらいだ。四十代半ばだそうだから」

「わたしは四十代の初め」

またママににらまれた。

「君みたいに長くやっている子が読んでもおもしろいと思った？」

塩川が文香に訊ねた。

「はい。リアルなんだけどリアル過ぎないっていうか、どんどん話が展開していって、いったいどうなるのだろうって」

「文香はけっこう本好きだから、この子がおもしろいというなら、本当におもしろいのよ」

自身もけっこう読書家のママがいった。初めて会ったとき、すでに読者として私の名を知っていた、数少ないホステスだ。

「確かに新人にしてはうまいですよ。書き慣れている感じがして。うちも若いのが会いにいこうとして、草持さんのところで止まっています」

塩川はいった。

「正体について何か聞いているかい」

「いいえ。元ホステスだというのも、今初めて知りました。読んで、おそらくそうだろうとは思っていましたが」

私は文香を見た。

「その黒服は、どこの店の人だい？」

文香が口にしたのは、連れられてだが私も何回かいったことのある店だった。老舗の高級クラブだ。財界関係者が多いことで知られている。

「興味があるの？」

ママが訊ね、私は頷いた。

「理由があってね」

「嫌だ。まさか昔、センセイと何かあった子だとか」

「そんなにモテた記憶はないし、作家志望の子なんて会ったこともない」

私は首をふった。

「じゃあ何なの？」

私は少し迷い、店を見回した。他に客はおらず、帰り支度を始めているヘルプもいる。


十代の終わりから二十代の初めにかけての短期間に、濃密な関係をもった友人というのが、誰にでもひとりやふたりはいるものだ。親友といえばそうかもしれないが、気が合うというより、互いに自由になる時間が重なるというだけで毎日のように会っている。それが何年かつづいて、いつのまにか疎遠になる。仲違いをしたとかではなく、生活がかわり進路もちがって、会わなくなってしまうのだ。

海老名（えびな）が、私にとってはそういう友人だった。大学はちがったが、共通の知人に紹介されて、住居がすぐ近くであることを知り、つるむようになった。九州出身で、当時でもすでに珍しい、共同トイレの下宿暮らしをしていた。

会っても特に何をするでもなく、だらだらと喋ったり、食事をしたりするだけの関係だった。彼の下宿で深夜、インスタントラーメンを分けあったことだけが、思い出らしい思い出だ。

どちらかというととっつきにくいタイプで、考えていることをすぐには口にしない。下宿には本が積まれていて、今から考えれば、ミステリの楽しみを私に教えてくれた人物でもあった。

「じゃあセンセイの生みの親じゃない」

ママがいった。

「かもしれん。作家に憧れているといったら、『だったら書けよ』と勧めてくれた。だけど卒業するくらいの頃から会わなくなって、いつのまにか連絡がつかなくなった。下宿をひき払っていて、それきりだった。携帯とかない時代だからな」

「でも、思わぬところで会った」

塩川がいった。

「そうやって先回りするなよ。会ったのじゃない。大ヒットしたゲームの開発者として名前を見たんだ」

「ゲーム。そういえばセンセイ好きだものね。『バイオハザード』とか」

私は頷いた。

「今から二十年近く前だが、大当たりした『カタナクエスト』というロールプレイングゲームを知ってるかい」

「知ってる！」

文香が叫んだ。

「学校サボって夢中になってやりました。うち親が共稼ぎだったから」

「聞いたことはあります。中世の日本を舞台にしたゲームじゃなかったですか」

塩川が訊ねた。

「『カタナクエスト1』が室町時代、2が戦国時代、そして幕末明治維新の3で完結した」

「名刀兼継をもつことになった主人公がそれぞれの時代で、剣豪や怪物と戦うんです。2の、大村宗林がかっこよかったなあ。十字架を首から下げてて」

文香がうっとりといい、私は苦笑した。

「とにかくその三本で終わったが、当時は家庭用ゲーム機のブームで、各巻百万本以上売れたといわれている」

塩川が首をふった。

「ミリオンですか。その頃から本が売れなくなったんだな」

「しかたないわよ、センセイまでハマったくらいだもの」

ママがいった。

「その『カタナクエスト』の開発者が海老名精吉という友人だった。精吉なんて古くさい名だし、名前を見た瞬間まちがいないと思った。海老名は『カタナクエスト1』のヒットのあと、所属していたゲームメーカーから独立して、2と3を作った。『カタナクエスト』の完結後、数年して新しいソフトを発表したが、それは大コケした」

「詳しいですね」

「『カタナクエスト』が完結してからは、新しいソフトをださないかずっと待っていたんだ。世界観が好きだったからな」

「わかります！　独特なんですよね。アニメみたいな嘘っぽさはないのに、古くさくもないし。わたしあれで日本史が好きになったんです」

文香が頷いた。

「会わなかったんですか。センセイなら会いたいといえば、会えたでしょう」

ママがいった。

「会えるかもしれないが、こっちはただのファンだ。押しかけるのも申しわけないと思った。『カタナクエスト』の大ヒットで一躍有名人だったからな。やがてゲーム雑誌のインタビューで写真を見て、まちがいないと思った」

「でもいい話じゃないですか。学生時代の友人が、片や作家、片やゲームクリエイターで名を成すなんて。その頃ですよね、あのシリーズが始まったのは」

塩川がいった。柏木潤がファンだといった、私の刑事シリーズの一作目と「カタナクエスト1」の発売は同じ年だった。

今までまるで売れなかった小説が突然売れだし、業界の注目を浴び、文学賞も受賞したのだから、忘れられない。

「会いにいきたくてもいける状況じゃないですね。ひっぱりだこだったでしょうから」

「あの頃はな」

「編集長がぼやいていたのを覚えています。食事でもと誘っても、会ったら仕事を頼む気だろうから会わないって、断わられたと」

「あっというまに終わった売れっ子時代さ。そんなことより、それから十年以上して、出版社経由で、海老名が連絡をよこしたんだ。会いたい、と」

「すごーい！」

文香が叫んだ。私はグラスに手をのばした。

「会ったの、センセイ」

「会った。海老名は、東京じゃなく岐阜にいた。ホスピスに入っていたんだ、末期癌で」

中央高速をノンストップで走り、午後二時過ぎには、目的地に私は到着していた。

ホスピスは意外に大きな建物で、駐車場からは北アルプスが見えた。まだ十月だったが冬のように空気が澄み、青空に稜線が際立っている。

受付で海老名さんに会いにきたと告げると、待つようにいわれ、ソファに腰をおろした。

ホスピスは窓が大きく、ホテルのような造りをしていた。秋の陽が長くさしこみ、まっすぐのびた廊下に光が溢れている。

その廊下の向こうから、ひとりの女性が歩み寄ってくるのが見えた。すらりとしてタイトスカートにヒールのあるパンプスをはいている。病院には不似合だが、柔らかな光の中をつっきる颯爽としたその姿に、私は思わず見とれた。

年齢は三十代のどこかだろう。化粧は薄いが、髪が明るくただのＯＬや主婦には見えない。派手というよりは垢抜けた印象だ。

女は私の顔を見やり、小さく頭を下げた。

「遠いところまでお越しいただき、ありがとうございます。海老名の妻でございます」

私は立ちあがった。名乗り、

「手紙をいただいたときは驚きました。どうしているかと、思いだすことも多かったので」

手紙は、簡潔な内容だった。無沙汰を詫び、ずっと私の本を読んでいたこと、自分がゲームの開発に携っていたこと、そして一年前に病気になり、今はホスピスにいる身であることを告げ、できれば一度会いたいという言葉で締めくくられていた。癌でホスピスにいるという状態を考えれば、どれだけの猶予があるのかはわからない。それを書いたら急かすことになると気をつかった節もあった。

私はすぐにうかがうと、翌週の週末を指定した返事を送った。

「お忙しい先生にご無理を申しあげて、本当に申しわけございません。本人はお返事をいただいてから大喜びで。俺のことを覚えていてくれたんだ、って」

「覚えていたどころか、『カタナクエスト』の大ファンでした」

海老名の妻は目をみはった。

「本当ですか。喜びます」

「あの、海老名くんの具合はどうなのです？」

「体調は日によってちがうんです。悪いときは、痛み止めを多めにいただいて、ずっと眠っているような感じですが、今日はとても元気で。たぶん先生が会いにきて下さるとわかったからだと思います」

「じゃあ、お会いできるのですね」

「はい。どうぞ。首を長くしておりましたから」

廊下を進み、庭に面した個室に入った。

「おう」

扉をくぐると、電動式のベッドに横たわっていた男が声をあげた。背を起こし、手にしているのは私の文庫本だ。

「おう」

私もそう返し、見つめた。懐しさがこみあげてくる。海老名は昔より面長になったものの、ひどくやつれている印象はない。

「悪かった。こんなところに呼びつけちまって。すわってくれよ」

ベッドのかたわらには、三人がけの長椅子がおかれていた。冷蔵庫もある。

「ビールでも飲むか？」

海老名の問いに首をふった。

「車できたんだ」

「今日、帰るのか？」

「まだ決めてないが、いちおうホテルの予約はした」

海老名は顔をゆがめた。

「申しわけない。大先生に時間を使わせて」

「何が大先生だ。『カタナクエスト』の大ファンなんだぜ。1から3まで全部やりこんだ。お前が開発者だってことも、名前を見てすぐにわかったし」

冷蔵庫から海老名の妻が、お茶とコーヒーの缶をだし、テーブルにおいた。

「よろしければどうぞ」

私は礼をいって、缶コーヒーを手にした。

「わたしちょっと買い物にいってきます」

海老名の妻はいって、部屋をでていった。

私たちはつかのま沈黙し、見つめあった。

「お前の本、全部読んでるよ。初めは、あいつがと思って読みだしたけど。こんなことというのは失礼だけど、本当にうまくなった」

私は苦笑した。

「デビューが早かったからな。苦労した」

「やっぱりあのシリーズだよ。あれはすごいと思った。友だちじゃなくたって、あれにはハマる」

「こそばゆいからやめてくれ」

「覚えてるか、『書けよ』っていったの」

「もちろんだ。それがあったんで、今がある」

海老名は首をふった。

「俺も小説をずっと書きたかった。でもお前みたいに腹をすえられなかった。中途半端に近い仕事で、ソフトメーカーに入ったんだ」

「あれほどのヒット作を生みだしたのだから立派なもんだ」

「あれだけだよ。『KQ』で、俺のゲームクリエイターとしての才能は終わった」

私は無言だった。否定も肯定もしようがない。海老名は苦笑した。

「正直だな。何もいわないなんて」

「『カタナクエスト』のあとのあれは、少し残念だった」

海老名は頷いた。

「自分でもわかってる。あの頃から俺は……」

いいかけ、黙った。やがていった。

「小説を書きだしたんだ」

「本当か」

「何本か書いて、新人賞に応募した。でも駄目だった。そこそこのところまではいくんだが、入選しない。理由はわかっている」

私は海老名の顔を見つめた。

「キャラが弱いんだ。ストーリーは思い浮かぶけど、お前みたいにいいキャラが作れない。ゲームとはそこがちがうってことさ」

「俺だって時間がかかった。ずっと売れなかったのは知っているんだろ」

「ああ。やきもきしてた。俺もその頃、会社でだす企画、だす企画、潰されてたから」

私は笑った。

「同じような足踏みをしていたんだな」

海老名は頷き、ごくりと喉を鳴らした。何かをいおうとしている。その勇気を奮い起こしたいのだ。

そしてそれが何であるか、私には予想がついた。

「書いたものがあるのか」

海老名は目をみひらいた。

「どうしてわかるんだ」

「他に俺にできることがあるか。医者じゃないんだし」

「預けたい。だがお前は怒るかもしれん」

「どうして」

「読めばわかる」

海老名はかたわらのサイドボードのひきだしを引いた。大きな封筒をだす。

「半年かけて書き、きのうまで推敲していた。預かってくれるか」

「もちろんだ。だけど時間がかかるかも——」

いいかけた私をさえぎった。

「それはかまわないんだ、全然。何年かかってもいい。気に入らなければ没にしてくれ」

「それは編集者が決めることだ。読むのは俺も読むけど」

「まずお前が読むんだ」

突然、強い口調になった。

私は重い気持になった。焦りは当然あるだろう。だが、この作品がどんな大傑作でも、本になるまでには最低でも三ヵ月、長ければ一年近くがかかる。そのときはもう、海老名は生きていないかもしれない。

「もちろん最初に俺が読む。読まずに編集に押しつけたりはしない」

今夜中に読もう、と決心して私はいった。

海老名は深々と息を吸いこんだ。興奮したからか疲れたのか、顔色が悪い。私は手をのばし、封筒をうけとった。

海老名は微笑んだ。

「握手して下さい、先生」

私たちは手を握りあった。

「ファン同士だったんだな、俺たち」

確認するようにいった海老名の言葉に、私は頷いた。

「あいつが帰る前に、そいつをしまってくれ」

海老名がいったので驚いた。

「奥さんは知らないのか」

「小説を書いていたことは知ってる。でもお前に渡すのを嫌がると思うんだ」

「なぜ？」

「お前に迷惑をかける」

「そんなこと気にしてほしくない」

「銀座で知り合ったんだ。いい女だろう。金目当てかと思ったけど、よく面倒をみてくれた」

「長いのか？」

「結婚したのは二年前さ。一年で俺が病気になった。捨てられるかと思ったが……」

「美人だ」

わずかに間をおき、海老名はいった。

「きっかけはお前さ」

「俺？」

「あのシリーズの大ファンなんだ。その話で盛りあがり、つきあうようになった」

つかのま言葉を失った。

「役に立ててよかった。昔、俺に書けといってくれた恩返しになった」

私は笑った。海老名は頷いた。思いつめたような表情になっていた。

「あいつが帰ってくる前にいってくれ。それを見られるとマズい」

封筒を示していった。私は息を吸い、頷いた。早く帰り早く読めば、それだけ早く感想を伝えられる。

「わかった。なるべく元気でいろよ。読んだらすぐ会いにくる」

そのとき海老名は何ともいえない表情をうかべた。安堵と寂しさがいりまじったような目だった。

「いいんだ、読んでさえくれれば。あわてなくていい」

私は無言で見返した。海老名は頷いた。私は何かをいおうとした。思い浮かんだのは、

「あのラーメン、うまかったな」

という言葉だったが、口にすれば今生の別れになってしまいそうで、いえなかった。

無言で頭を下げ、部屋をでていった。

海老名の妻に会うことなく車に乗りこみ、予約したホテルに向かった。

「読んだのですか」

塩川が訊ねた。

「もちろんだ。晩飯も食わずに読んだ。プリントアウトされた原稿だったが、四〇〇字詰で七百枚くらいだったと思う」

「ひと晩で読めちゃうんですか」

文香が驚いたようにいった。塩川が苦笑した。

「プロ作家というのは、書くだけじゃなく読むのも早いんです。ふつうの単行本一冊分くらいの量なら、二、三時間もあれば読んでしまう」

「本当ですか」

「つまらない本は時間がかかるけどな」

私が答えると、ママが、

「そんなことより」

とにらんだ。海老名の原稿について知りたいのだ。

「駄目だったの？　お友だちの作品」

私は首をふった。

「駄目じゃなかった。手直しはしなけりゃならないだろうが、小説としては商品になるレベルだった。ただ……」

「ただ、何？」

私は息を吐いた。

「それは、すでに存在するシリーズの刑事を主人公にすえていたんだ」

「え、それって、まさか――」

私は頷いた。

「マジすか」

いつも冷静な塩川が頓狂な声をあげた。

「センセイのシリーズ？」

ママを見た。

「そうだ。びっくりした。文体もわざとだろうが、私に似せているような気がした。ストーリーはよく練りこまれていて、どんでん返しもある。敵役がステレオタイプだったが、そこは何とかできるだろうと思った」

「えっ、シリーズのどの作品?!」

「馬鹿。それを自分のだと発表するわけないだろう」

私は首をふった。

読んでいて涙がでそうになった。それほど海老名が私のシリーズを愛していることが伝わってきたからだ。と、同時に、これほどのものを書けるのにどうして、自分のオリジナル作品を書かなかったのだろうといぶかしんだ。

ストーリーは思い浮かぶけど、いいキャラが作れない、という言葉を思いだした。だが、それもやがては作れるようになった筈だ。

時間さえあれば。

それを思ったとき、気づいた。だからなのか。だから私の作った主人公を使って物語を書いたのか。

だが私はこれをどうすればいいのだ。

おもしろかった。だがお前の名でも俺の名でも、発表することはできないと、告げるのか。

まずお前が読むんだ、と強くいった理由がわかった。もしこれを読まずに私から渡された編集者は、困惑したにちがいない。

シリーズの担当者なら、もちろん私が書いたものではないと気づく。そして、主人公をまったくの別人にして書き直せないかと考えるだろう。

だが、この作品はシリーズであることを前提に書かれていた。主人公はもとより、傍役や過去の事件で重要な役割を果たした人物が登場する。それらをすべて「新人の一作目」として書き直そうとすれば、とても成立しない。

どうすればいい。海老名の望みは何だ。

私が手直しをして、シリーズの一本として発表することか。

それはいくらなんでもできない。いかに命が尽きかけた人間の願いであろうと、かなえられない。

私は夕食をすませると、再びホスピスに向かった。一刻も早く会い、私の気持を告げなければならないと思ったのだ。たとえひと晩でも、かなえられない願いに希望を抱かせるのはむしろ残酷だ。

だが海老名は面会謝絶になっていた。夕刻、容態が悪化し、意識を失ったという。妻もかたわらにつききりで、会うことはできなかった。

私はしかたなくホテルに戻り、眠れないまま、翌日東京に帰った。

「海老名さんはその後――」

「私が帰った日の晩、亡くなった。苦しまず、眠るようだったと、奥さんから手紙がきた」

塩川が息を吐いた。

「作品のことを奥さんには――」

「何と告げていいかわからなかった」

「じゃあまだセンセイの手もとにあるの？」

「ある」

「切ない」

　文香がつぶやいた。

「どうにかならなかったの」

「難しいね」

　塩川がいってつづけた。

「海老名さんがどれほど望んでいたとしても、自分の作品として発表するのはできない。それは書き手が最もやってはいけないことだから」

「奥さんがもし読んでいたら、センセイが発表してもすぐバレるわよね。あっ、これ主人が書いたのと同じだって」

　ママがいった。

「それだけじゃないかもしれない」

　私がいうと、ママは首を傾げた。

「どういうこと？」

「あの原稿は夫婦の共同執筆だった可能性もある。だからこそ海老名は、私に渡したと奥さんに知られるのを嫌がった」

「じゃあ奥さんにも文才があったってこと？」

文香がいった。

「もしかして！」

塩川が叫んだ。私は頷いた。

「柏木潤が、海老名の奥さんかもしれない」

「ええっ」

文香は叫んだ。

「会えばわかりますね」

「わかるだろうな」

「会ってもしそうだったら、センセイどうするの？」

ママが訊ねた。

「どうしようもない。ただあの原稿は返さなきゃならない」

「それを発表したいっていわれたら？　柏木潤の名で」

「たぶん編集者が止めるでしょうね。原作者の同意を得られたとしても、やるべきじゃない」

塩川がいった。

「それでも発表したい、といったら？　亡くなったご主人の形見みたいなものでしょう。センセイ、許可するの？」

　私は空になったグラスをふった。

「許可してほしいといわれればするだろう。作品は、書いた人のものだ」

「でも……」

　ママがいって、頰をふくらませた。

　海老名の遺志を考えたら、発表したいだろう。だが、柏木潤がもし彼女なら、すでに作家としてデビューを果たしている。贋作など発表しても、何の得にもならない。

　私と会えば、彼女は迷うことになる。会わずにいたほうがいいのだろう。

　新たな水割りは、やけに濃く感じられた。

あとがき

福田和代

アミの会（仮）のアンソロジー企画第四弾、『迷』＆『惑』の登場です。いつも読んでくださる皆さま、初めましての皆さま、手に取ってくださってありがとうございます。

アンソロジー『捨てる』（文藝春秋）から始まったアミの会（仮）の企画も、『毒殺協奏曲』（原書房）、『隠す』（文藝春秋）と続き、ついに第四弾となりました。『迷』から読むか、『惑』から読むか？　それは皆さまのお心次第――。

ところで、よく似た印象を持つ「迷う」と「惑う」がくっつくと、「他人からやっかいな目にあわされて困ること」（広辞苑）という別な意味を持つようになるなんて、ちょっぴり興味深いですね。

「四十にして惑わず」と申しますが、迷ったり惑ったりして心が揺れ動くことに、私たちは否定的な感覚を持っているのかもしれません。しかし、私も不惑の年齢を超えて久しいですが、あいかわらず人生は迷いと惑いに満ちております。そうしながら、次に進む道を手探りで選んでいく。そんな毎日は、ひょっとすると綱渡りのようで、他人に「迷惑」をかけているのかもしれませんが、生きている実感がするではありませんか、ねえ？

　さて、女性のミステリー作家が集まって、仲良く美味しいものを食べたり飲んだりしているうちに、「これだけミステリー作家が集まったのだから、アンソロジーでも出さない？」という会話がきっかけになり、アミの会（仮）が生まれました。

　第三弾『隠す』の刊行時には、すべての短編に共通する「あるもの」を隠し、読者の皆さんに当てていただくクイズを実施したり、東京と大阪、二か所でのトークイベントも開催したりして、多くの方々にお越しいただきました。ご参加くださった皆さま、その節はありがとうございました！

　いつも、「このテーマで短編を書きたい人、この指とーまれ」という具合に、テーマごとに参加者を決めている緩やかな集団です。参加されている皆さんに共通するのは、全力で楽しいことしようぜ！　という気持ちじゃないでしょうか。

　だって私たち、エンターテインメント小説の紡ぎ手なんですもの。自分たちも心の底からわくわくし、読んでくださる皆さまが、手に取って良かったなあと感じてくださるもの――そんな本を作りたいじゃないですか。

　ですから皆さま、この本を手に取ってくださったそこのアナタ、ぜひ一緒に楽しんでくださいませ。フェイスブックの「アミの会（仮）」公式ページで、今後もイベント情報や新刊情報など、少しずつ公開していく予定です。よろしければ、チェックしてみてくださいね。

ところで、こんなところでこっそり告白するのもどうかと思いますが、以前は私、アンソロジーの良い読み手ではなかったのです。それどころか、長編を愛するあまり、短編への愛がきわめて淡白な読者でした。

こうして自分もお誘いを頂くようになって、ようやくアンソロジーの「良さ」がわかってきたような気がします。

新たな書き手との出会いがあります。作家の個性がぶつかりあって際立ち、ひとりの作家の短編集を読んでいるだけでは気がつかない発見もあります。

くわえて、同じテーマを与えられているのに、蓋を開けると作家ごとにまったく異なる小説ができあがる多様性。

念のため申し上げておきますと、『迷』『惑』にしても、『捨てる』『毒殺協奏曲』『隠す』にしても、書き手のあいだで内容の調整はほとんどしてないんです。皆さん、心のおもむくままに書き上げて、「いっせーのーで！」と蓋を開けても、出てくるものはこんなに違うんですね。作家の想像力って、なんてユニークなんでしょう。遅ればせながら、私もアンソロジーに惚れこんでしまいました。

『迷』『惑』という今回のタイトルが、どのようにして決まったかについては、『惑』のあとがきで大崎梢さんが書いてくださるようですので、そちらをお読みになってくださいね。

今回は、四人の男性作家さんが、ゲスト参加を快諾してくださいました。『迷』には大沢在昌さん、乙一さん、『惑』には今野敏さん、法月綸太郎さん。ご多用ななか、力のこもった作品をありがとうございました。深く感謝する次第です。

アミの会（仮）は、すでに次の企画も検討しております。詳しいことはまだ書けませんが、次の企画もこれまた面白そうですよ～。

刮目してお待ちくださいませ！

次の本で、またお会いいたしましょう！

アミの会（仮）公式ページ

https://www.facebook.com/aminokaikari/

本書は二〇一七年七月に単行本として新潮社から刊行されました。

実業之日本社文庫　最新刊

実業之日本社文庫　好評既刊

アンソロジー　初恋
アミの会（仮）
大崎 梢／篠田真由美／柴田よしき／永嶋恵美／新津きよみ／福田和代／松村比呂美／光原百合／矢崎存美

短編の名手9人が豪華競作！　年齢や経験を重ねていても「はじめて」の恋はあって——おとなのための切なくて、ちょっとノスタルジックな初恋ストーリー。

ん81

モップの魔女は呪文を知ってる
近藤史恵

新人看護師の前に現れた〝魔女〟の正体は？　病院やオフィスの謎を「女清掃人探偵」キリコが解決する人気シリーズ、実日文庫初登場。（解説・杉江松恋）

こ31

演じられた白い夜
近藤史恵

本格推理劇の稽古で、雪深い山荘に集められた役者たち。劇が進むにつれ、静かに事件は起きていく。脚本の中に仕組まれた真相は？（解説・千街晶之）

こ32

モップの精と二匹のアルマジロ
近藤史恵

美形の夫と地味な妻。事故による記憶喪失で覆い隠された、夫の三年分の過去とは？　女清掃人探偵が夫婦の絆の謎に迫る好評シリーズ。（解説・佳多山大地）

こ33

天使はモップを持って
近藤史恵

キュートなおそうじの達人は、汚れも謎もクリーンに解決！　シリーズ20周年を記念して大人気〈清掃人探偵・キリコ〉第一巻が新装版で登場！（解説・青木千恵）

こ34

実業之日本社文庫　好評既刊

近藤史恵
モップの精は深夜に現れる
おしゃれでキュートな清掃人探偵・キリコが、日常の謎をクリーンに解決する人気シリーズ第2弾！　オフィスのゴミの量に謎解きの鍵が!?（解説／大矢博子）
こ35

近藤史恵
モップの精は旅に出る
〈清掃人探偵・キリコ〉シリーズ最新刊初文庫化！　事件も悩みもクリーンに解決するキュートなキリコが、目的地も告げず旅に出た……!?（解説・藤田香織）
こ36

新津きよみ
夫以外
亡夫の甥に心ときめく未亡人。趣味の男友達が原因で離婚されたシングルマザー。大人世代の女が過ごす日常に、あざやかな逆転が生じるミステリー全6編。
に51

新津きよみ
妻の罪状
いちばん怖いのは、家族なんです――遺産相続、空き家、8050問題……家族関係はどんでん返しの連続。名手によるホラーミステリ7編収録のオリジナル短編集！
に52

福田和代
走れ病院
地域医療危機×青春お仕事小説。元サラリーマンで医師免許を持たない主人公は、父の遺した市で唯一の大型病院を倒産から救えるか!?（解説・村田幸生）
ふ41

実業之日本社文庫　好評既刊

今野 敏
デビュー
昼はアイドル、夜は天才少女の美和子は、情報通の作曲家や凄腕スタントマンら仲間と芸能界のワルを叩きのめす。痛快アクション。（解説・関口苑生）
こ2 7

今野 敏
殺人ライセンス
殺人請け負いオンラインゲーム「殺人ライセンス」の通りに事件が発生!? 翻弄される捜査本部をよそに、高校生たちが事件解決に乗り出した。（解説・関口苑生）
こ2 8

今野 敏
叛撃
空手、柔術、スタントマン……誰かを、何かを守るために闘う男たちの静かな熱情と、迫力満点のアクションが胸に迫る、傑作短編集。（解説・関口苑生）
こ2 9

今野 敏
襲撃
なぜ俺はなんども襲われるんだ――!? 人生を一度は放棄した男と捜査一課の刑事が、見えない敵と闘う痛快アクション・ミステリー。（解説・関口苑生）
こ2 10

今野 敏
マル暴甘糟（あまかす）
警察小説史上、最弱の刑事登場!? 夜中に起きた傷害事件は暴力団の抗争か半グレの怨恨か。弱腰刑事の活躍に笑って泣ける新シリーズ誕生！（解説・関根 亨）
こ2 11

実業之日本社文庫　好評既刊

今野 敏
男たちのワイングラス
酒の数だけ事件がある——茶道の師範である「私」が通うバーから始まる8つのミステリー。『マティーニに懺悔を』を原題に戻して刊行！（解説・関口苑生）
こ2 12

今野 敏
マル暴総監
史上〝最弱〟の刑事・甘糟が大ピンチ!? 殺人事件の捜査線上に浮かんだ男はまさかの……痛快〈マル暴〉シリーズ待望の第二弾！（解説・関口苑生）
こ2 13

今野 敏
潜入捜査　新装版
今野敏の「警察小説の原点」ともいえる熱き傑作シリーズが、実業之日本社文庫創刊10周年を記念して装いも新たに登場！ 囮捜査の行方は……。（解説・関口苑生）
こ2 14

今野 敏
排除　潜入捜査〈新装版〉
日本の商社が出資した、マレーシアの採掘所の周辺住民が白血病に倒れた。元刑事が拳ひとつで環境犯罪に立ち向かう、熱きシリーズ第2弾！（解説・関口苑生）
こ2 15

今野 敏
処断　潜入捜査〈新装版〉
魚の密漁、野鳥の密猟、ランの密輸の裏には、姑息な経済ヤクザが——元刑事が拳ひとつで環境犯罪に立ち向かう熱きシリーズ第3弾！（解説・関口苑生）
こ2 16

実業之日本社文庫　好評既刊

今野 敏
罪責　潜入捜査〈新装版〉
廃棄物回収業者の責任を追及する教師と、その家族にヤクザが襲いかかる。元刑事が拳ひとつで環境犯罪に立ち向かう熱きシリーズ第4弾！（解説・関口苑生）
こ2 17

今野 敏
臨界　潜入捜査〈新装版〉
原発で起こった死亡事故。所轄省庁や電力会社は、暴力団を使って隠蔽を図る。元刑事が拳ひとつで環境犯罪に立ち向かう熱きシリーズ第5弾！（解説・関口苑生）
こ2 18

彩瀬まる
桜の下で待っている
桜の季節に新幹線で北へ向かう五人。それぞれの行く先で待つものは――心のひだにしみこんでくる「ふるさと」をめぐる連作短編集。（解説・瀧井朝世）
あ19 1

秋吉理香子
婚活中毒
この人となら――と思った瞬間、あなたは既に騙されている！　人生はどんでん返しの連続。幸福を願うすべての人へ贈る婚活ミステリー。（解説・大矢博子）
あ23 1

乾 ルカ
あの日にかえりたい
地震の翌日、海辺の町に立っていた僕がいちばんしたかったことは……時空を超えた小さな奇跡と一滴の希望を描く、感動の直木賞候補作。（解説・瀧井朝世）
い6 1

実業之日本社文庫　好評既刊

北川恵海
真夜中のメンター　死を忘れるなかれ
彼の肩書はメンター。自殺志願少年、足を引っ張りたい女など、客の相談を聞き、解決に乗り出すが……。すべての悩める人に贈る、人生応援ストーリー！
き61

桜木紫乃
星々たち
昭和から平成へ移りゆく時代、北の大地をさすらう女の数奇な性と生を研ぎ澄まされた筆致で炙り出す。桜木ワールドの魅力を凝縮した傑作！（解説・松田哲夫）
さ51

西條奈加
永田町小町バトル
待機児童、貧困、男女格差……ニッポンの現代社会に巣食う問題に体当たり。「キャバ嬢議員」小町の奮闘を描く、直木賞作家の衝撃作！（解説・斎藤美奈子）
さ81

千早 茜
桜の首飾り
あの人と一緒に桜が見たい――気鋭作家が贈る、桜の季節に人と人の心が繋がる一瞬を鮮やかに切り取った、感動の短編集。（解説・藤田宜永）
ち21

辻堂ゆめ
初恋部　恋はできぬが謎を解く
初めて恋をすることを目指して活動する初恋部の女子高生四人。ところが出会うのは運命の人ではなく校内で起こる奇妙な謎ばかりで……青春×本格ミステリ！
つ41

実業之日本社文庫　好評既刊

名取佐和子
逃がし屋トナカイ
主婦もヤクザもアイドルも、誰でも逃げたい時がある――。「ワケアリ」の方、ぜひご依頼を。注目の気鋭が放つ不器用バディ×ほろ苦ハードボイルド小説！

な61

春口裕子
隣に棲む女
私の胸にはじめて芽生えた「殺意」という感情――生きることに不器用な女の心に潜む悪を巧みに描く、戦慄のサスペンス集。（解説・藤田香織）
は11

春口裕子
悪母
岸谷奈江と一人娘の真央の身に起きる悪意に満ちた出来事は一通のメールから始まった。ママ友の逆襲が止まらない……衝撃のサスペンス！（解説・藤田香織）
は12

原田マハ
星がひとつほしいとの祈り
時代がどんな暗雲におおわれようとも、あなたという星は輝きつづける――注目の著者が静かな筆致で女性たちの人生を描く、感動の7話。（解説・藤田香織）
は41

原田マハ
総理の夫　First Gentleman　新版
42歳で史上初の女性・最年少総理大臣に就任した妻と、鳥類学者の夫の奮闘の日々を描いた、感動の政界エンタメが装いも新たに登場！（解説・国谷裕子）
は43

実業之日本社文庫　好評既刊

原田ひ香
三人屋
朝・昼・晩で業態がガラリと変わる飲食店、通称「三人屋」。経営者のワケあり三姉妹と常連たちが織りなす、味わい深い人情ドラマ！（解説・北大路公子）
は9 1

原田ひ香
サンドの女　三人屋
心も体もくたくたな日は新名物「玉子サンド」を召し上がれ――サンドイッチ店とスナックで、新・三人屋、今日も大繁盛。待望の続編、いきなり文庫で登場！
は9 2

藤岡陽子
むかえびと
一分一秒を争う現場で、生まれくる命を守るために働く志高き助産師（むかえびと）たち。現役看護師作家がリアルに描く、渾身の医療小説。（解説・三浦天紗子）
ふ6 1

真梨幸子
6月31日の同窓会
同窓会の案内状が届くと死ぬ!?　伝統ある女子校・聖蘭学園のOG連続死を調べる弁護士の凜子だが……先読み不能、一気読み必至の長編ミステリー！
ま2 1

宮下奈都
よろこびの歌
受験に失敗し挫折感を抱えた主人公が、合唱コンクールをきっかけに同級生たちと心を通わせ、成長する姿を美しく紡ぎ出した傑作。（解説・大島真寿美）
み2 1

実業之日本社文庫　好評既刊

実業之日本社文庫 ん82

迷（めい） まよう

2021年12月15日　初版第1刷発行

著　者　アミの会（仮）　大沢在昌　乙一　近藤史恵　篠田真由美
柴田よしき　新津きよみ　福田和代　松村比呂美

発行者　岩野裕一
発行所　株式会社実業之日本社
〒107-0062　東京都港区南青山5-4-30
emergence aoyama complex 2F
電話［編集］03(6809)0473［販売］03(6809)0495
ホームページ https://www.j-n.co.jp/
DTP　ラッシュ
印刷所　大日本印刷株式会社
製本所　大日本印刷株式会社

フォーマットデザイン　鈴木正道（Suzuki Design）

ISBN978-4-408-55708-3（第二文芸）